黄春明小说集①
看海的日子

黄春明 著

北京联合出版公司
Beijing United Publishing Co.,Ltd.

图书在版编目（CIP）数据

看海的日子 / 黄春明著. -- 北京：北京联合出版公司, 2019.9
（黄春明小说集）
ISBN 978-7-5596-3481-8

Ⅰ.①看… Ⅱ.①黄… Ⅲ.①短篇小说—小说集—中国—当代 Ⅳ.①I247.7

中国版本图书馆CIP数据核字(2019)第153655号

本书经联合文学出版社股份有限公司授权，非经书面同意，不得以任何形式任意改编、转载。

看海的日子

作　　者：黄春明
出版监制：谭燕春　高继书
选题策划：厦门外图凌零图书策划有限公司
责任编辑：孙志文
封面设计：周富标
内文排版：孟　迪

北京联合出版公司出版
（北京市西城区德外大街83号楼9层　100088）
北京联合天畅文化传播公司发行
武汉市盛宏源印务有限公司印刷　新华书店经销
字数155千字　700毫米×1000毫米　1/32　10.125印张
2019年9月第1版　2019年9月第1次印刷
ISBN 978-7-5596-3481-8
定价：49.80元

版权所有，侵权必究
未经许可，不得以任何方式复制或抄袭本书部分或全部内容
本书若有质量问题，请与本公司图书销售中心联系调换。电话：（010）64258472-800

总　序

听者有意

为自己的小说集写一篇序文，本来就是一件不怎么困难的事，也是"礼"所当然。然而，对我而言，曾经很认真地写过一些小说，后来写写停停，有一段时间，一停就是十多年。现在又要为我的旧小说集，另写一篇序文，这好像已经失去新产品可以打广告的条件了，写什么好呢？

在各种不同的场合，经常有一些看来很陌生，但又很亲切的人，一遇见我的时候，亲和地没几分把握地问："你是……？"我不好意思地笑笑，他也笑着接着说："我是看你的小说长大的。"我不知道他们以前有没有认错人过，我遇到的人，都是那么笑容可掬的，有些还找我拍一张照片。我已经是七十有五的老人了，看他们稍年轻一些的人,想想自己,如果他们当时看的是《锣》《看海的日子》《溺死一只老猫》,或是《莎哟娜啦·再见》《苹果的滋味》等之类,被人归类为乡土小说的那一些的话,那已是三四十年前了,算一算也差不多,我真的是老了。但是又有些不服气,我还一直在工作,只是在做一些和小说不一样的工作罢了。这突然让我想起幺儿国峻。他念初中的时候,有一天我不知为什么事叹气,说自己老了。他听了之后,跟我开玩笑地问我说,"老吾老以及人之老"这一句话用闽南语怎么讲?我想了一下,用很标准的闽南读音念了一遍。他说不对,他用闽南话的语音说了他的意思,他说:"老是老还有人比我更老。"他叫我不要叹老。现在想起来,这样的玩笑话,还可以拿来自我安慰一下。可是,我偏偏被罩在"说者无心,听者有意"这句俗谚的魔咒里。

当读者纯粹地为了他的支持和鼓励说"我是读你的小说长大的"这句话,因为接受的是我,别人不会知道我的感受。高兴那是一定的,但是那种感觉是锥入心里而变化,特别是在我停笔不写小说已久的现在,听到这样的善意招呼,我除了难堪还是难堪。这在死爱面子的我,就像怕打针的人,针筒还在护士手里悬在半空,他就哀叫。那样的话，就变成我的自问：怎么不写小说了？江郎才尽？这我不承认，我确实还有上打以上的题材的好小说可以写。在四十年前就预告过一长篇《龙眼的季节》。每一年，朋友或是家人，当他们吃起龙眼的时候就糗我，更可恶的是国峻。有一次他告诉我，说我的"龙眼的季节"这个题目该改一改。我问他怎么改，他说改为"等待龙眼的季节"。你说可恶不可恶？另外还有一篇长篇，题目叫"夕阳卡在那山头"，这一篇也写四五十张稿纸，结果搁在书架上的档案夹，也有十多年了。国峻又笑我乱取题目："看！卡住了吧。"要不是他人已经走了，真想打他几下屁股。

  我被誉为老顽童是有原因的，我除喜欢小说，也爱画图，还有音乐，这一二十年来爱死了戏剧，特别把儿童剧的工作当作使命在搞。为什么不？我们目前台湾的儿童素养教材与活动在哪里？有的话质在哪里？小孩子的歌曲、戏剧、电影、读物在哪里？还有，有的话，有几个小孩子的家庭付得起欣赏的费用？我一直认为小孩子才是未来。因为看不出目前的环境，真正对小孩子成长关心，所以令我焦虑，我虽然只有绵薄之力，也只好全力以赴。这些年来，我在戏剧上，包括改良的歌仔戏和话剧，所留下来的文字，不下五六十万字，因而就将小说搁在一旁了。

非常感谢那一些看我小说长大的朋友，谢谢台湾联合文学的同仁，没有他们逼我将过去创作的小说整理再版，我再出书恐怕也遥遥无期。我已被逼回来面对小说创作了。

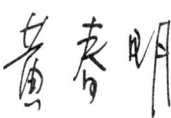

本文原载于二〇〇九年联合文学版《黄春明作品集》

目 录

看海的日子	001
青番公的故事	075
两个油漆匠	107
小寡妇	155
借个火	291
照镜子	305

看海的日子

她凝视片刻,
将手里的孩子让他靠着
母亲的手臂抱挺起来,
面向着大海。

鱼群来了

　　当海水吸取一年头一次温热的阳光，酿造出盐的一种特殊醉人的香味，弥漫在渔港的空气中，随着海的旋律飘舞在人们的鼻息间的时候，也正是四月至五月鲣鱼成群随暖流涌到的时候。三月间，全省各地渔港的拖网小渔船，早就聚集在南方澳渔港，准备捞取在潮头跳跃的财富。而渔船密密地挨在本港和内埤新港内，连欠欠身的间隙都没有。人口的流动，使原来只有四五千人的渔港，一时增加到两万多人。其中以讨海人占最多；那些皮肤黑得发亮，戴着阔边鸭嘴帽的，说起话来很大声的，都是讨海人。还有临时赶到渔港来摆地摊的各种摊贩，还有妓女，还有红头的金色苍蝇，他们都是紧随着鱼群一起来。一年里头，这是渔港的一个忙碌的时节，也是一个疯狂的时节。

　　从那一天，第一批渔船在海洋里，放下拖网触到滞重的鲣鱼讯息开始,整个渔港的作息即刻就解开了昼与夜的划分。带着渔讯回来的船队的渔火,在澳口外十多公里海上的黄昏里升起来了。等渔讯来到澳口的时候,山的巨大轮廓已被黑暗吞食。海只剩下簇拥在石蟾蜍礁群前飘晃着的渔火,渔船一只一只谨慎地闪过暗礁,驶入他们叫做门槛的礁间的深沟。穿过这门槛以后,渔火就成了整齐的一路纵队,直驶入澳肚,再驶向港内。船里的喧哗传出渔讯。当船还没入港之前,渔港的人都似乎被一记巨大的钟声慑住了。从那一刹那,渔港的人都以语言或是喜悦的颜色和动作,互传着"鱼群来了!"的消息。

那些贫穷人家的小孩,提着阜袋,带着弟妹,很快地跑到鱼市场,等待偷一些鱼回去。其实他们经常是等渔船一靠岸,鱼一箩一箩地被扛下来时,就在众目睽睽之下,俯身到箩筐里去抢鱼的。这在他们想起来也是一种交易。当他们俯身去抢鱼的时候,任凭自己的背部让讨海人痛打,让人辱骂。开始时这些孩子们这样想:拿他几条鱼,打也给打了,骂也给骂了,现在不是平了?讨海人也那么想:打也打了,骂也骂了,就让他拿几条鱼吧!嗨呀!小土匪!后来双方都不必再那么想了,打骂和鱼的交易，早就在此地成为这种时节里的他们的一种生活习惯了。

船的引擎声渐渐逼近了。临时搭在山腰间的娼寮，开始紧张起来了。阿娘站在门外看到已经驶入澳肚里的渔船，心里也跟着引擎声怦怦地跳动。她回过头向里面喊着说："你们这些查某鬼仔①，钱来了！"里面的妓女都走出外面。阿娘指着下面的渔火："呐！鲣鱼群来了！今年比去年来得早。才月初呢……"她突然改变语气向里面喊："阿雪，你还不快吃饭，等一下连让你坐起来的时间都没有咧！"

雨夜花

见了她的人都深信她以前一定很美。现在除了憔悴了些，仍然对男人有一股诱惑的魅力。或许这只是一种对她过去的美的联想幻觉所驻留的错觉。尽管她怎么

---

① 查某鬼仔：闽南方言中对灵活机巧而又可爱的女孩子的称呼，"查某"专指女性，"仔"在闽南方言中使用比较频繁，常放在名词、数量词、形容词、动词后做词尾，无具体含义。

努力于朴素的打扮,始终无法掩饰那种她极力想掩饰的部分和自卑。自从十四岁就在中坜的窑子里,垫着小凳子站在门内叫阿兵哥的日子,到现在足足有十四年了。这段时间习惯于躺在床上任男人摆弄的累积,致使她走路的步款成了狭八字形的样子。那双长时间仰望天花板平淡的小世界的眼睛,也致使它的焦点失神地落在习惯了的那点距离,而引她听到那种雄性野兽急促喘息的声音,令她整个人就变得那么无可奈何起来。再加上一般人对她们这种职业的女人的直觉。这些即是牢牢地裹住着她和社会一般人隔开的半绝缘体。

虽然她早已习惯于在小房间里,在陌生男人的面前剥掉仅有的衣着,但是她还是一直害怕单独到外头走动。除非有什么不得已的事情。这次她必须赶回去。诚然她永远不能原谅养父出卖她身体的事。可是头一年的忌辰在她家里来说,是一个重大的日子。阿娘本来很不愿意她在这个生意盛忙的时候请两天假。尤其像她能叫绝大部分的男人喜欢,而当他们再度来买女人时,都指名找她的情形下,这两天的假在阿娘和她本身,都算是损失的。有什么办法?遇到这种日子,只好答应阿娘尽早回来。临走阿娘又再三地吩咐说:"早一点回来,最好能多带几个查某来帮忙。"从渔港顺便带几条新鲜鲣鱼,急忙地赶到苏澳搭十二点零五分的火车,准备回瑞芳九份仔。

起站的车厢有的是空位。她很容易地选到合意的位子。现在剩下来的时间是火车的了。有足足两个小时的时间,够她小憩一下。从鲣鱼大量地被讨海人捞起来的那一天开始,她就没有好好地休息过。比起山腰的房子,现在好多了。闭起眼睛睡不睡都没关系,只要能回避那种叫人浑身不舒服的冷眼就好了。把头靠在窗缘,双手抱在胸前,腿松松地伸直而小腿交叠着,这样整个人像舒适地顶在一个巧妙的支点,随着车厢规律地沿途轻摇。因为心里老摆着一串鲣鱼放在椅子底下,她的瞌睡在短短的时间内就被惊醒过来。每次探头去看椅子底下,从鲣鱼的口里流出来的鲜血,一次比一次地摊展开来。她心里还有点为了公德的歉意而着急。看看邻近的人那种若无其事的闲情,总叫心平静了许多,其实也不知怎么做才好。

车子到了罗东,再经宜兰,车厢就挤满了旅客。在她的瞌睡中,旁边的空位早已坐下来一个中年的男人。等她醒过来,那个人殷勤地递过来一支香烟给她。

她一时惊异而木讷地望着对方现出困惑的样子。那男人笑着一边把香烟送得更近,且一边说:"你当然不会认识我,但是我认识你呀!真想念呀。嗯!来一支吧!"她对这男人的轻浮感到恶心,甚至于十分恼怒。这种一支、一条、一根啦的等等用词的双关语意,她听得多了,不过那都是在干那种买卖的时候,心里早就有这种迎合客人的准备。因此比这更露骨,更下流,更黄的都不在意。为什么在外面,这些人还不能把我也当着一般人看待?眼看身边这个油头粉面的胖脸,她猛转过脸不去理他。那男人把香烟放在自己的嘴里点燃,而他那种悠然自得的神情,似乎预期等待收获她的气愤的样子,他笑了。从来就没有像此刻这种受嘲的情形,使她感到这般寂寞。尽管她怎么嘶声呼救,或是呼喊自己的名字,在心灵里竟连自己也听不见了。一阵惶惑过后,她想:她要是一个普通人的身份,这一下子很有理由给这个无耻的男人捆一记耳光,但是话又说回来,我要是一个普通的女人,他也不会对我这般无礼吧。她从骨子里发了一阵寒,而这种孤独感,即像是她所看到广阔的世界,竟是透过极其狭小的,几乎令她窒息的牢笼的格窗。突然,一个熟悉而友善的脸孔,在另一个车站上车的旅客中出现，没有比这更叫她兴奋的了。

"莺莺——"她站了起来。由于过分的兴奋，尖锐的声音引起许多陌生的脸孔也一起转过来。

那个在人群中特别小心地抱着婴儿的母亲，惊讶地将视线抛过来，接着禁不住地喊了出来："梅姐——"

安睡在怀中的婴儿，被母亲大声呼喊惊骇了一跳。母亲一边轻拍着小孩压惊，一边急急地挤过来。当她们面对面的时候，一时激动得说不出话。只有让互相关心着的而满含感情的眼睛，彼此去体会无从述说的话。最后莺莺欣慰地打量着梅姐身边的那个男人。梅姐明白了这个意思，马上解释说："我一个人回九份仔。"

她不再木讷了。她快活地："什么时候生了小孩？怎么结婚都不让我知道？"

莺莺似乎被责备而歉意地说：

"去年在台东结婚的。当时我只想让你一个人知道。但是，那时听说你在屏东，后来又听说你在北投，又听说在桃园，这叫我到哪里去找你好？"

她的眼眶红起来了："结果我们这边只有我一个人。要不是鲁先生的几个朋友，我想我的婚礼是最寂寞的了。"

本来一直站在后头的一个五十开外,个子高大,外貌忠厚的男人,向前踏了一步出来和莺莺并肩依在一起,同时伸出笨拙的右手臂,轻轻地搂着似乎因受委屈而感伤的女人,给予无限的安慰。从那男人善良的笑容,即可看出莺莺已经真正地结束了过去的生活了。梅姐心里十分高兴而深深地感动着,除了她,没有人会为这件事这般地感动。

"是我的丈夫,姓鲁。"莺莺亮起眼睛又说,"她就是梅姐!"他们互相点了点头,莺莺接着说:"他曾经是少校咧!我的一切他都知道了。我也经常向少校提起你的事。他一直说他很愿意见你。"她转过脸向少校说:"喏!我们终于见到了!"

"是,是……"少校内心的那股纯厚叫他尴尬了一阵,停了半晌说不出别的话来。

而梅姐亦为莫名的感触,害臊地低下头来。

四年前,梅姐和莺莺曾经在桃园桃源街的一家妓女户里干活。那时莺莺也是才十四岁,是一个发育不甚健全的女孩子。她到那里的第二天傍晚,一个兔唇的粗汉,带着七八分的醉意,一进门就看中了莺莺,这个兔唇的男人将头低下来,逼近莺莺的脸,莺莺的背部牢牢地贴在巷廊的三夹板的墙壁,由于她极力地退缩,三夹板的墙壁"吱吱"地叫响。本来莺莺还本能地用手去推他,但一看到那可怕的脸孔的逼近,她很快地缩手,连手也牢牢地贴在墙壁,脚却一直感到酥酸起来。那男人说话了:

"怎么,嫌我丑吗?我不嫌你就好了。"

莺莺什么都没听到。只看到近前一个怪异且大的嘴巴用力地动着。在那人中的部位,缺裂得很开,同时在那里还可以看到两边横长出来的四颗大黄牙。在那顶端随时都凝聚一团泡沫,每次开口说话,那泡沫就飞溅过来。莺莺迅速地甩动自己的头,让脸颊在自己的肩上擦去对方的口沫,然后又迅速地闪开,一直冲进小房间里把自己锁在里面害怕地哭起来。这兔唇的男人好不甘心地跟着追过去,拼命地敲那小房间的门大声臭骂着,那扇甘蔗板的小门几乎就要被捣碎,莺莺在里头吓得再也不敢哭出声了。这时白梅很快地走过来,拉着那个盛怒的男人说:

"客官,你搞错了。那是我们这里的小妹,要是你想买香烟你可以叫她。"

"我才不在这里抽烟,我要玩她。"

"你想吃她,那还要等几年哩!"白梅轻松地说。

"我不要等几年,我现在就要!"

"现在就要吗?好吧!来嘛!"白梅施着媚态,将那男人的手牵过来放在自己的胸口里面。那男人笑了:

"还是真货呢!"

就这样,这个疯狂的兔唇的醉汉就乖乖地被白梅带到另一个小房间里去了。

在这一场买卖的过程中,白梅在小房间里除了听雄兽急促的喘声之外,还隐约地听到从后房传来的鞭打声和莺莺无助的呻吟。

将近一个小时,那个男人很满足地走了。在外面还不时回头看看那已经尘污的红漆字频频点头。白梅昨天才烫做了的头发,已经蓬乱得像顽童捣乱了的鸟窝。她蹲在水缸边,一次又一次地换着牙膏没命地刷着牙,这回刷了大概有十多分钟,外面揽客的几个姐妹都围拢来说:

"白梅,你想把牙齿刷掉吗?"

白梅满口含着牙膏沫,难受地说:

"那个兔唇的男人吻了我。"

姐妹们都哄笑起来了。

经过这一次，莺莺虽然挨了鸨母一顿鞭打，但是她还是很感激白梅替她解了受到兔唇的男人惊骇的围。某一次的机会，莺莺从头到尾哭着向白梅述说了她的经过。白梅觉得莺莺的经过跟她很相像。她们俩就在这时候暗中结拜为姐妹了。所以莺莺一直都叫她梅姐。从此，她们的生活过得很密，一有时间两人就说话，在那说不尽的话中，有时也会闪现着希望，然后两人就忘我地去捕捉。有一次就是她们两个正捕捉着一线渺茫的希望时，同时走进来两个客人，而这两个客人正好看中她们俩。她们就各自带着客人到只隔一层甘蔗板的房间里。当她们同时在做买卖的时候，她们隔着甘蔗板还继续刚才的谈话。莺莺说：

"梅姐，你会做裁缝吗？"

隔壁的梅姐就应声说：

"有过学裁缝的年龄，但是就没有机会学。"

"那你会不会养鸡养鸭？我会……"莺莺兴奋地说着。

"那有什么困难，我想我会的。"

莺莺正想再说话的时候，突然听到梅姐那边清脆地响了一记耳光，接着那男人怒气地说：

"要赚人家的钱专心一点怎么样！"

莺莺一直注意梅姐那边的动静，她听到梅姐很爽朗的声音说：

"对不起，对不起。好，我专心，我专心。"

莺莺听到那男人亢奋的喘息，还听到梅姐对他的夸奖。

莺莺心里想，梅姐对这打人的人怎么去专心呢？她真想哭出来。这时重重地压在她上面的男人也骂骂咧咧的。

这两个客人回去之后，她们在后面洗涤时，莺莺看到梅姐的左颊还红红地印着五只指头痕而哭起来：

"梅姐，都是我不好……"

梅姐笑着说："没什么，比这更糟的都遇到了，这不算什么。"

"我很钦佩你，要是我……我办不到。"

"办不到？办不到你要怎么办？"梅姐笑着说，"要是我也像你这样，我岂不枉费多长你八岁？再等八年以后，你像我现在这么大了，那时你也……噢！不！八年以后，你已经回到你的乡间养鸡养鸭了。山下那一片你说的番石榴林，照样结着果实，等你去摘。"

"那不是我们的,恐怕那个老伯已经不在了。"

"那么他的儿子也一定和他一样善良,你摘几个自己吃,人家不会说你是偷的。"

莺莺的脸上浮现出童稚般的光亮,但一下子就黯淡下来,她哭丧着脸说:

"我知道,再等八年以后,我仍然和现在一样,你曾说过,命运是傲横的,不是我们这样的女人能去和它撒娇的事。"

"不……"梅姐来不及安慰莺莺,同时正苦于不知怎么去否定以前自己的话的时候,外面老鸨严厉的叫声已经传进来了。

"你们两个洗什么东西洗那么久!被水溺死了吗?"

她们两个赶紧套上外衣,略微整理一下头发,又站在门口,对着走过的男人,使着眼叫:"进来吧!我的先生不在家呢。"

莺莺毕竟是幼雏,她的情绪就没有办法截然地这样改变。她可怜着梅姐,躲在门后偷偷地流泪。梅姐走到门后,轻轻地骂了一声:"傻瓜。"

显然地,莺莺在梅姐那里学了不少。主要的是她也已经有了适应这种生活的观念，如果不是这样，梅姐说这就是和自己作对！

有一天莺莺满怀欢喜的，偷偷地告诉梅姐一件事：

"梅姐，我爱上了一个人了。"她有点惊讶。她不但没预期地看见梅姐脸上的喜悦，相反地却看到她的冷淡。她补充着说："是他先爱上我咧！现在他爱我爱得发狂呢！"

莺莺是一个很伤感的女孩子。她预感到事情的可怕，她想哭。但是又哭不出来。

"是不是最近常来找你的那个充员兵？"冷冷地。

莺莺渴望着希望的眼睛朝着梅姐点头。

梅姐被那乞怜的眼神感动着，她温和地说：

"阿莺，你应该相信我。好事情我一定成全你的。"

就这样她们整夜没睡地谈着。梅姐分析这种爱情给她听，也把过去自己类似的爱情悲剧吐露出来。结果两个人拥抱着痛哭了一场，梅姐作为结束的话是这样的：

"在这种场合你千万别动感情。"

虽然莺莺一时被说服了，但是梅姐仍然担心，所以她有计划地向莺莺说：

"干我们这一行的要时常流动才行,在同一个地方浸久了,身价会低落,到时候就是跌落到二十块钱也没人要。要是你想永远保持三十块,那就必须到各地方流动流动。男人的心眼最坏了,他们好新。"

"你想离开?"莺莺不安地说。

"和你。"

"我?怎么可能?"

"你不是说还差阿娘三千块吗?"

莺莺点点头。

"我先借你,以后慢慢还我好了。"

她们不久就离开了桃园,到全省各地方去干活。起初,莺莺有时还会为那初恋的感情的创伤而悲伤,梅姐就来安慰她说:

"阿莺,我从来就没听过你唱歌,你也没听过我唱歌。但是我会唱一支歌。因为太喜欢那一支歌了。"说着梅姐就唱起来了:

雨夜花,雨夜花,

受风雨吹落地,

无人看见,每日怨嗟,

花落土，花落土

……

"我听过。"莺莺说。

"你有什么感想？"

"好像很悲伤，但是你唱起来好像更悲伤。"

"阿莺，我的眼泪在几年前都流光了，我知道有眼泪流不出来是很痛苦的。现在你还有很多眼泪。要是你觉得要哭而哭不出来的时候，你不妨唱唱这一支歌吧。这样一定对你很有帮助。"

莺莺仍然没能了解这个意思：

"什么是雨夜花呢？"

"你。"

"我？"莺莺茫然地指着自己。

"我也是。"

莺莺安心多了，因为和梅姐一样的她总是情愿。

"但是这怎么说呢？"

"我们现在所处的这个环境不是很黑暗吗？像风雨的黑夜，我们这样的女人就像这雨夜中一朵脆弱的花，受风雨的摧残，我们都离了枝，落了土了是不是？"

莺莺点着头流着泪，开始死心于这种悲惨的宿命了。

她们俩相处了两年多，莺莺被养父骗去，又被卖到另一个地方。

她们就这样被拆散，而失去了联络。

鲁　延

鲁先生和莺莺在后头找到了位子，婴儿就留在梅姐这里抱着。三个多月的婴儿还不会认人。只要睡饱吃饱而且尿布是干的，这样就张开圆溜溜的眼睛看人。梅姐被小眼睛瞪得很欢喜。她哼啊呀啊地逗着婴儿玩，婴儿竟然咯咯地笑出声来。这对于梅姐是新鲜的。她脑子里想，老是哼啊呀啊也不行啊！不变化玩意儿，婴儿会感到厌倦吧。但是拿什么和他玩呢？她心里一边急，一边感到歉意。这时火车刚离开头城站沿岸奔跑。看到海她高兴地把婴儿抱挺起来，两人的脸就朝着海那一边，她指着海说：

看哪！看哪！那就是海啊！

海水是咸的哪！那里面养着很多的鱼。

有的像火车那么大的。

也有像你的小拇指那么小的。

哼啊呀啊！看哪！

那里有船啊！

讨海人坐在船上捉鱼。

捉鱼给我们的鲁延吃。

鲁延说青色的鱼我不要。

讨海人就去捉黄色的鱼。

鲁延说黄色的鱼我不要。

讨海人就去捉绿色的鱼。

鲁延说你们都笨蛋，我要花的鱼。

……

她的声音像歌那样唱着，婴儿看车窗外闪动的景物，高兴地蹬着，口里咿哑咿哑地和着叫。梅姐以为是婴儿喜欢她那样地唱着，所以更有兴趣地唱。她忘了四周，也忘了小婴儿的程度，继续着她临时编出来地歌唱着：

讨海人红着脸向鲁延说我捉不到花鱼。

鲁延说把船给我，我来捉又花又大的大花鱼。

哼唷——哼唷——

……

鲁延叫讨海人一个一个爬着来磕头。

每一个讨海人都重重地被他打一下屁股。

讨海人哎哟哎哟地叫，

鲁延说笨蛋，你以后敢不敢欺负我的阿姨？

哼啊——哼啊——

……

小婴儿为那吟哦的单调的旋律欢喜得蹬跳着。当火车快进山洞的时候，莺莺走过来笑着说：

"给阿姨撒尿了没有？"

梅姐转过脸赞叹说：

"阿莺，你看你的鲁延。这孩子好精呀！好像我说的话他都听得懂。"

"有人说做母亲撒三年谎。你做人家的阿姨也要撒三年的谎？"莺莺笑着，"我们下一站就到了。"

梅姐把小孩递还给莺莺之后，拿了两张五十元钞，塞进鲁延的衣服里面说：

"在车里找不到红纸，这是我要给鲁延添弟弟，一点点钱意思意思。"

莺莺硬不肯收，两人在车上推脱了一阵。莺莺他们下车了。车开动了。梅姐探出头叫了一声，就把原先准备给婴儿的红包钱抛下去。

莺莺的手举得高高的，很远很远了，那变小的手仍然因激动而挥动不停。再看不见什么了。她把头缩回来，欣慰地想：她毕竟拿了那给鲁延的钱。另一方面，她对莺莺找到归宿而高兴。她不自觉地牵着袖口去拭掉满眶的泪水。欢喜间脑海里还可闻见莺莺的幸福的语句：鲁少校的人相当聪明哪，他说我们的孩子要是男的就要叫鲁延，生女的就叫鲁缘。延就是延长的意思，表示他鲁家有继延了，有希望了。女孩的缘就是缘分的意思，纪念从大陆北方来的他，还有缘分和我结婚。从鲁延出生以后，他酒也不喝，烟也不抽了。听说他以前就是不爱讲话，整天在台东的山间喝酒和抽烟咧……

无意之间，拿莺莺和自己对照起来，一股空虚逼着她，使她猛转过头凝望着窗外的天空出神。曾经也有人来提过亲，养母也托媒去物色。但是他们不是牵牛车的，就是补破锅的，并且这些人的年龄都相当大，养母费尽了口舌，最后直截了当地说：

"你又不想想看！你是什么身份？人家不挑你就好啰！你还嫌弃什么……"

"又不是你们要结婚，你们急什么？"

"女人总要有个归宿啊——你就是不该懂几个字。"

"我猜透你们的心了。"有点无理的气愤似的。

"你这话怎么说？你这话怎么说呀？"

白梅未开口，就哭出来了。

养母生气地骂起来：

"你这烂货不识抬举，你还吵，吵什么？"

白梅终于将内心里淤积已久的话都倾出来了：

"是的，我是烂货，十四年前被你们出卖的烂货。想想看：那时候你们家里八口人的生活是怎么过的？现在是怎么过的？你们想想看，现在你们有房子住了；裕成大学毕业了，结婚了；裕福读高中了；阿惠嫁了。全家吃穿哪一样跟不上人家？要不是我这烂货，你们还有今天？"鼻涕眼泪和着这些话，使养母的锐气大大地减杀了。

养母轻声细语：

"好了好了，我们总想你好。"

白梅不可收拾地哭诉着："再看看我们生家，他们到今天还是那么穷。你们把我看成什么？烂货，没有这个烂货，裕成有今天吗？他们看不起我，逃避我，他们的小孩子就不让我碰！裕福、阿惠都一样，他们觉得我太丢他们的脸了，枉费！真是枉费！"

"好了好了，阿梅你一向很乖的。你不要再说了，阿母都知道。"

"不！今天我一定要说得痛快。以前什么时候你听过我发出一句半话的怨言？你逼我就嫁，这还证明你有点良心，因为你受良心的责备才会逼我就嫁。但是我已经不需要别人对我关心了，我对我自己另有打算。"

养母被这事实刺痛得哭泣起来：

"阿梅，这些阿母都知道，就是不知道要对你怎样才好。我知道我们错了，但是不知道错在哪里，从什么时候开始这样一直错下来的！阿梅，你原谅阿母吧——"

这个软心肠的阿梅，抱着养母，反过来乞求养母对她刚才的话能够原谅。

现在他们陈家，除了养母，没有一个人是白梅所能原谅的。突然，她竟想起需要一个孩子，像鲁延那样的一个孩子，只有自己的孩子的目光，对她才不会冷漠歧视。只有自己的孩子，才能让她在这世上拥有一点什么。只有自己的孩子，才能将希望寄托，她深远地想着：

"我深信我可以做一个好母亲。"

"但是结婚怎么办？"

"不，我绝不结婚。已经二十八了，又是干这种生活的，有人要，那么那个人一定是没什么出息的，或是歹人。"

"那么小孩子的父亲是谁？"

"嫖客里面也有好人。"

"你要向他说你想和他生一个孩子吗？"

"不，我要认清他的脸孔，认清他的声音和样子，这样就好了。"

"那么小孩子长大了问起父亲的事怎么办？"

"我就说爸爸死了。爸爸是一个很了不起的人，他希望他的儿子同他一样，虽然他死了，他还是期待着你。"

"你的事呢?"

"噢!我可以不让我的孩子知道我的一切。我会搬到很远很远,而且是完全陌生的一个地方去。"

"你有把握吗?"

"从现在开始我尽我所能。"

"你真的这么需要一个孩子?"

"这就是我还要活下去的原因吧!"

"决定了?"

"决定了!"想到这里她坐不住了,她站了起来又不想走动,所以又坐了下来,而那完全是另一种不是她坐过的新的姿势,很温和且严肃的那种样子。莺莺的声音又清清楚楚地在她耳膜里浮现:鲁延的延字就是代表有希望了。等她想再听下去,但什么都没有了。火车轮压着铁轨跑的格答格答声,就是那么规律,那么单调,那么统一的一路麻醉着人的感觉。

埋

头尾才三天不见的渔港，已经沸腾到最高潮的顶点了。山腰间的野花，根本就没有时间套上外衣，穿衬衫的时间也是很短很短的，讨海人一个接连着一个，他们也没有时间挑选合他们意的身材的女人。这些讨海人身上的腥味，已经比他们捞上来的鲣鱼更浓更重。

有一个中年的讨海人，一边扣着腰带，一边打趣着说：

"三天的时间鲣鱼从一公斤八块六跌到一块九，你们这些女人还是老价钱三十块？"

这些临时搭起来的房子两端，还有人正忙着勾搭新的，娼寮顶上的路面，运鱼的铁牛车和卡车急忙地穿梭着。但是到了这一排房子上，司机和车夫绝不会忘记猛按喇叭和向下面吹口哨，甚至也有叫嚷的。要是妓女们有时间的话，她们也不会轻易地放过他们。她们会叫着说：下来吧！不然浇你一脚桶水。有时候她们真的就泼水上去。虽然泼上去的水离路面还有一段很长的距离，但是上下双方面的人就这么乐着。

一个阳光特别热，煮熟了这个年轻讨海人的欲念的上午,照理说临时的娼寮只有这个时间较为清闲。

因为他在那上面工作的船,昨夜捞获了大量的鲣仔,回来时船身埋水过深,所以入澳肚进门槛那道礁间的深沟时,船底略微擦了伤。这对这位年轻的讨海人来说,是一件幸灾乐祸的事,几天来连着不眠不休,实在再也熬不下去了。趁修补船底,在盛忙的日子里,难得有两天的休假。天一亮第一件事他就想起女人来了。虽然不算是一件尴尬的事,但是身体里隐隐地胀着不安的内压。他还记得他们每次出海,船头沿着山丘要切入澳口时,半山腰间就传来莺燕啼鸣的声音,然而船上早就准备了满船的那种情绪,到时乱喊乱闹了一阵,于是沿途就谈着女人,直到无人岛的海面上,大公②发出第一次准备捉鱼的命令,这些讨海人的脑子里,一下子就把女人抛到很远的地方,看他们作起业来的那种情形,好像这个世界不曾有过女人这种生物。这样过了一段忙碌,等船又满载地掉转头朝渔港的那个瞬间,他们很自然地且那么整齐地又谈起女人来。年纪稍大一点的讨海人,公然地挑起几条肥大的雄鲣仔,剖开肚子,取出雄

---

② 大公:讨海人对船长的称呼。

鲣仔才有的那副白色内脏,张开嘴和着血就吞进肚子里去。没有一个讨海人不知道,这是最好的强精壮阳的办法。所以看到坤成吞了两副壮阳品的人就打趣着说:

"我看坤成仔嫂今晚可倒霉啰!"

"不,不,我要半山腰那些莺莺燕燕啼叫得更美妙。"

旁人笑是这么笑,吃补品大家照样吃。不过年轻的阿榕却一个人在船尾,偷偷地剖了几条母鲣,最后才发现了一条公的,他闭着眼强把补品吞了。等他难受得还没睁眼之前,他已听到被同船的人围起来,受四面八方的笑声袭击着,他慌张地睁开眼看着大家。大家你一句他一句地:"阿榕真是掂掂呷三碗公③的人哪!阿榕到底走哪一条路线?"

"阿榕呐!有什么见不得人自己偷偷地在这里吃补?鲣仔的公母都还分不清,又在这么暗的地方,你刚吞进去的恐怕是鱼卵吧。"

---

③ 掂掂呷三碗公:闽南方言,"掂掂"指安静的样子,"呷"是吃的意思,"三碗公"指三大碗的饭。整句话的意思,看着安安静静的人,却吃了三大碗米饭,表示人不可貌相,指深藏不露的人。

"哇——那不有趣？那以后我们不必再爬半山腰去找女人啦，就在咱们船上找阿榕不是很好嘛！"同阿榕差不多年纪的一个人这么开玩笑起来，而没有一个不为这一句笑话，逗得乐不可支。

阿榕的脸涨得通红，一个箭步冲到那人的面前，一下子两个人就扭成一团。当时有人趋前想把他们拉开，但是马上又有人阻止着说：

"没关系！自家狗咬无妨。"

"对，自家狗让他们咬吧！不然精力那么旺盛，船底都要被打洞了。"

所有的人围了一个大圈，把他们俩围在中间，作为一种娱乐节目观赏。如果看到阿榕被压在底下了，旁边的人就笑着说：阿榕刚才真的吞错了鱼卵了。好一会儿阿榕翻上来了，旁人又说：不，不，阿榕是吞对了补品了。一边说着一边走过去纠正他们俩的姿势。其他人拍掌大笑。另外有一个家伙，却匆匆忙忙地跑去打了半脸盆的水和拿几张卫生纸来摆在他们两人的旁边。这一着几乎把这些经常去玩女人的老男人，笑得人仰马翻起来。船有点颠。大公故作发号施令状地喊："喂！把他们抬到中间一点。船都斜了。"大家抢着把仍旧扭成一团的他们俩，好好地抬起来不放。这时，阿榕他们也笑起来了，这么一笑，两人一松手，上面的阿榕差一点就溜下来。这一场架也就由坤成仔的话作为结束。他说：

"好了，好了，留一点气力。你们不是都吃了补品吗？"

傍晚，那是娼寮生意最旺的时候。当船来到那山腰下，刚刚进澳口船底擦到暗礁的余悸，顿时飞掉了。他们渴望地抬头望着那排娼寮，只见讨海人一个一个穿进穿出之外，再也看不到半个妓女出来做态。这时距离他们最近的就是海水，再就是从娼寮抛下来的半壁的白色卫生纸团，在温和的海边风中簌簌地像满开的百合花在颤动。

阿榕怂恿心里的那股熟了的欲念，低着头走进娼寮里面，毫无意思地挑选，见了白梅就要她。看他那种不很自然的表情，白梅就明白这个客人不会为难她，她很客气地带他到里边说：

"怎么？这么好天气不出海？"

"船底破了。"他懒懒的。

"破了。"白梅眼睛睁得大大地问。

"是的，昨晚船底擦了礁。"

"人呢？"

"噢！人都好。"

白梅出去打水和拿纸进来。

"你很聪明，知道在这个时候来。"她说。

"为什么？"阿榕有点茫然。

白梅淡淡地笑了笑，觉得这年轻人傻得有点可爱。她心里想：他一定是老实人，不会刁难人的。

"嗯——"停了停，"没什么。"

阿榕急着要做那件事。

"你是不是要赶时间？"

"没有！我们的船要两天才能修好。"

"你结婚了没有？"

"还没有。"他说，"要是我结婚了哪还要来这里？"

"结婚就不会到外头乱搞了？我才不信。你们男人啊都是狗肺。"白梅一直都在注意这位年轻的客官。那健壮的肌肉发达得很均匀。她想着他那有力的胳臂死劲地搂她而致使几乎窒息的快感。她牵着他的手在她的身上抚摸起来。他很笨拙地抚摸，他听过朋友的话说妓女是没有快感的。所以他想起来问她：

"人家说妓女这种生活干久了,对这件事的感觉都麻痹了。那是真的吗?"

白梅对他这种蠢稚的问话心里暗地里喜欢。他可不就是我要借他生一个小孩的老实人吗?她问:

"你问这个干什么?"

"我想,如果你们已经是没有什么感觉了,那么所有的嫖客就变得很可笑。"他笑了。

"你笑什么?你说嫖客都变成什么?"

"你知道人工授精吗?"

"听说过。"

"我在家看过猪哥④被诱精的情形。"他格格地笑,"兽医把板凳用稻草捆起来,最后一层就包上麻袋布。包起来很像跳箱那种木马的样子。然后在一端涂上母猪的阴液,那猪哥被牵出来闻,猪哥闻了一阵,兴奋地淌着口涎,就骑上去拼老命,哈哈——"他笑得更大声。白梅也想起那可笑的样子笑了起来。

"你侮辱我,你说我像一只木马。"白梅撒娇着。

"我不是也笑我自己吗?我像猪哥……"

---

④ 猪哥:闽南方言,指公猪。

白梅注意到他那整齐洁白的牙齿，注意到他那清爽的目光。她看到他里面的一片良善的心地。她告诉自己说就是要和这个人生一个小孩。这天正是她的受孕期。她决定事后不做避孕的安全措施了。想到这里她心里有点痒痒起来了。"不！你笑我像一只木马。"

阿榕有点受不住这般的挑逗，他一直想爬起来。但是白梅希望他继续抚摸。阿榕问："对了，你还没有回答我的问题。对这种事有没有感觉呢？"他的脸肌显现那渴急的抽动，而本能地吞了一口口水。

"那要看对方是谁。"她自己也意外地感到自己的尴尬，"有了感情，我们照样也会感动。"

"如果是我呢？"

"我不知道。"那声音很低。她默默地望着他许久，仍然不让他爬上来。她在脑子里深深地刻记着阿榕。

她问："你住在哪里？"

"我家在恒春。我家是种田的，但是我喜欢讨海。"

"你叫什么名字？"她动情地用着眼睛，用着声音。

"吴田土。"

她闻着他的身体。他有点颤抖。她说：

"你只有腥味，一点田土味都没有，你应该叫吴海水。"

他搂着她说：

"好！我就叫吴海水。从现在起我不叫吴田土了。"

他很认真地使用着感情吻她，这时白梅真觉得需要。她攀着他的肩膀，暗示他可以做了。他轻轻地说：

"板墙上有了几个洞。"

"那不是都用纸团塞起来了吗？"

"有的没有。"

"没人会看的，看了别人这样是会倒霉。"

"你叫什么？"

"白梅。"

"噢！白梅……"他一时被莫名的幸福感动着。他在上面一直关心着她的感觉，一直问她怎么样怎么样。最后他看到她两个眼窝里蓄满了眼泪。他轻轻地翻下来，紧挨着她的身体躺着，且看白梅抽噎的样子，他在心里自责起来。因为白梅太叫他满足了，向来就没有妓女使他这样，一方面他觉得有点亏对她了。使她满足吧！下次一定时间要长一点。突然间板墙格格地有人敲响，接着就是阿娘的声音："白梅，你怎么了？"那语气很不耐烦的样子。

阿榕小声地问白梅：

"她在赶我们快一点是吗？"

"不要管她。"白梅应道，然后稍微大声地向外头说，"客人还要继续。"

阿榕听了之后，慌张地说：

"我不，我……"

白梅向他使着眼睛。

阿娘又打门说：

"那么你再给我一张牌子。"

"等一下给你。"白梅说。

"那怎么行，等一下一忙我又忘了。"

"好吧！"说着，白梅在枕头底下拿了一张马粪纸剪的牌子，往门缝一塞说："呐！在那儿。"

阿娘从门缝拿走了纸牌。阿榕好奇地问：

"那是干什么的？"

"抽头就凭纸牌算钱。"白梅把这事都丢开似的说,"你想急着回去吗?"

"我很疲倦了,我不想再玩第二次。"其实阿榕身上只有五十元,不够他玩两次。

"你陪我躺一下子好吗?"

"我,"他结巴地说,"我不能玩两次。我……"

"抱着我。"白梅亲密地按住他说,然后很舒服的样子,"就这样躺一会就好了。"

他傻傻地抱着白梅,脑里反而清醒起来了。而这种清醒是整个心沉入无法判断的情感里面的愚昧。这个时刻,对白梅来说是重大的,她希望能从现在就开始。无形之中,白梅觉得似乎真的有个希望静静地潜入她的身体里,而只有她感到那种微妙和艰巨。她令阿榕害怕的,是她倒在他的怀里恸哭起来。白梅总希望把她微弱的希望不但已经埋在她的身体里面,虽然也同样地被埋在这个社会,被埋在傲横的无比的养女到妓女的命运,但是还希望有那么一天,她看到她的希望长了出来。

坑　底

　　白梅目送着阿榕走下山坡之后，她照着以前自己的计划匆匆地打点行李，并且向阿娘告辞。阿娘一时感到惊讶，一边还以为刚才得罪她。阿娘辩解着说：

　　"要是你怪我刚才给你要牌子那就错了，那是我们这里的规矩，你是这里的大姐，比起她们你应该更懂的。"

　　"不是这个意思。"

　　"那我更不清楚你为什么要走。"

　　"没为什么。"她心里明白，要是她向阿娘或是别人说她要去孕育一个孩子，那不是变成笑话吗？

　　"那就怪啰！"

　　"我要回去结婚。"她敷衍地说。

　　"我怎么没听你说过？"阿娘问，"和谁？"

　　白梅只是笑着摇摇头。

　　"就是刚才来的那个年轻人吗？"

　　有什么办法？这样追问着要一把话柄。白梅为了尽早摆脱阿娘的盘问，只好又笑着默默地点头。

　　"嘿！白梅你糊涂了？为了你好我想劝告你……"

不管阿娘费了多少口舌，白梅提着包袱走出门了。那些姐妹都出来门口，每个人都显得很困惑地送她。阿娘在中间以嘲笑的口气，大声地说：

"你们看呢！我家的阿梅去嫁尪⑤了。"

白梅泪汪汪地抱着满怀欢喜走下山坡，走向渔港的公路局巴士站，头也不回，一秒都不停地向前走着，虽然她曾一直都在海边，但是今天才头一次真正听到海的声音，一阵一阵像在冲刷她的心灵。不久，来了一班车就把白梅的过去，抛在飞扬着灰尘的车后了。

这天，当白梅回到仍旧叫她乳名梅子的生家的山路口，已经是傍晚时分。二十多年来，只有这些地方没有变。小土地公庙仔还是在路口的九芎树下，侧旁的歇脚石的石面比早前光滑了。那附近敷毒疮的锅盖草同样地爬满坡面。记得小时候下山买番仔油的角子⑥就是落在这坡上，找了半天拔光了锅盖草还是不见角子，当时急得哭起来了。她躲在土地祠里不敢回去，她知道一定会挨一顿痛打的。为了避免痛打，她把油瓶摔在歇脚石，然后拣一块破片，想将自己的脚底划一道伤口让它流

---

⑤ 尪：闽南方言，指丈夫。

⑥ 角子：零钱。

血。这样母亲就不会打我了。

　　母亲一定会可怜我,本来手拿着瓶子皮望自己的脚掌一直缺乏勇气而发抖的她,一想到母亲看到她流血的伤口,会给她许多的痛惜时,勇气突然来了,她不再觉得割伤自己是一件可怕和不幸的事,她想着母亲替她洗脚,替她敷伤口,还替她难过的情形,心里感激得快慰而温暖起来,她一边哭着一边用瓶子皮狠狠地将脚底划开了,血奔出来了。这一下子确实划得过分。她安慰自己,说伤口越严重越能得到母亲的同情。其实她也懂得去抓一把田泥来敷伤口止血。但是为了要得到更多的同情,宁愿就这样让伤口血流得更多。她躲在土地祠里等着家人来发现。然而,她等了几个小时还不见有人下山来找她,天已经晚了,她心里着实害怕,早就听说过山路口鬼火的故事。后来越想越不对,想自己走回去也不行了。脚底的伤口确实太严重了。正在她绝望的时候,大哥找到她就背着她回去。沿路她描述她的经过给大哥知道。大哥也一路安慰着她。但是一进门,什么事情都出她的意外。母亲不但没可怜她,还重重地痛打了她一番,连山芋的晚顿,她一条小山芋都吃不到。就在这事情的第三天,来了一个陌生人就把她带走了,有一段时候，梅子一直以为因丢了角子，母亲才不要她。同时还有一点不能了解的事，那就是她临走的时候，母亲还哭哭啼啼地吩咐了一大堆话：梅子，你八岁了，什么事都懂了，你得乖哪！什么都因为我们穷，你记住这就好了，从今以后你不必再吃山芋了。什么都该怪你父亲早死……那时对母亲的气愤还没消，说走就跟人走了。

阿梅沿着梯田的石级爬了一段，再顺着小山路走。她沿途拾着小时的记忆回家。在园里工作的人，远远见了穿着这么入时的女人走入这山间，引得不管男女老幼都放下工具，挺直着腰注目过来。在山坡下番薯田那边打赤膊的不就是福叔吗？是！就是福叔。他的长短脚站起来还是老样子。梅子扬手喊：

"福叔——你在除番薯草吗？"

福叔甚感意外地兴奋了一阵，同时亦迷惑了一阵。

"噢！是啊——你是谁呢？怎么认识我呢？"从那边传过来的声音，因喜悦而起伏地波颤着。

梅子有意要福叔快乐，便应答回去：

"山路口的土地祠就是你一个人盖起来的。这谁不知道？"

"是啊——是啊——那是二十三年前的事了。等我这一季番薯卖了钱,我还想把它翻修一番咧!"福叔真的更乐起来了,"喂——查某官,你来我们坑底找谁呀?"

"我就是阄鸡松的小女儿啊——"

"什么?阄鸡松的小女儿有这么大了?那么——那么你就是梅子吗?"

"是的——我就是梅子——"

"哇——不认得了,不认得了。阄鸡松死了这么多年了?"他停了一停,继续说,"有,是有那么久了,我盖土地祠的第二年他死了。土地祠的三百六十个砖就是阄鸡松替我挑担的。"

沉默了一会儿,梅子说:"等一下来我们家坐吧。"

"好好,你快点回去,你母亲在等你。"

梅子没走几步,听到后面有人跑步赶过来的脚步声,等她转过头,一个十五六岁的女孩子已经在她的身边了。

"我阿爸叫我来帮你提大皮箱。"那女孩子说着就要接过皮箱。

"免了免了。"她回头感激地看福叔,福叔在远远的园里扬手表示：没关系，让小孩子拿了。梅子的皮箱已被女孩子抢过去扛在肩上。她们走着。

"你回来住几天？"女孩子问。

"我不走了。"梅子安舒地说。

"不走了？"小女孩惊奇地问，"为什么？"

"我想休息。"梅子平视着前方，像自言自语地说。

小径在山腰间伸延着，上下两边不是番薯田就是相思林。一群六七八岁的村童，在上侧的林间，始终保持七八尺远的距离，好奇地跟着梅子跑。一会儿跑、一会儿停地笑着什么。梅子看到其中有一个抱着鸟窝的男孩，她觉得很像谁。她问那孩子：

"你是不是阿娇的小孩？"

那小孩愣了一下。其他的小孩子笑着说："是啦，是啦，还有这个也是。"本来参与在笑的一个小女孩，被其他人推出来时，她的笑容亦被骇跑了。

"阿娇几个小孩子？"

刚才那个男孩伸出六只手指头来。

梅子又在另一个男孩子的脸上看到他的父亲的影子。她接着说：

"你是不是阿木的孩子？"

那孩子害羞地藏起来。其他的孩子又笑了。

"呀？奇怪，你怎么知道？真好玩。"有一个小孩这么说。

"好！我再来猜。"梅子一个一个看着小孩子的脸。小孩子一个一个掩着脸，笑着再往前跑了一段路。看到这群活泼的小孩子，梅子马上就联想到自己也要有孩子。但是，使她忧心的是，是不是这样就已经在她的身体里面形成了？不能失败啊！不然什么都要从头做起，神明啊！注生娘娘啊！您要保佑。

梅子的母亲突然在路上出现了。

"阿母——"梅子再也说不出话来了。

"福叔的孩子跑来告诉我，说你回来了。"

母亲亦没有停下来。等她走下来，梅子走上去，然后两个人再并着肩走。

"准备住几天？"

"我不走了。"

"不走？"母亲觉得意外，"那怎么行？"

"我不管。"

两人沉默地走了一会儿。

"家里最近怎么样？"梅子问。

"那都要看这一季的番薯了。"

"大哥的腿呢？"

"还是要看这一季的番薯才能锯掉。"母亲冷冷地应道。

"锯掉？"梅子吓了一跳。

"医生说不锯掉的话，活不久。前天抬出去，昨天又抬回来。"

梅子还记得大哥那时背她上山的腿倒蛮矫健的。

"你不会住下来的。他的七个小孩子吵死了。"

"阿母，我有一些钱，明早就带大哥下山吧！"

这时母亲才流着泪说：

"梅子，并不是我不爱你大哥，人说虎怎么凶残也不吃自己的儿子。我看他是没有救了，医生也不敢担保。你说救他一个倒不如救他七个孩子。"

"阿母，我们还是试试看。"

"你不要天真，明年官厅就要收回所有我们坑底人种番薯的林班地了。那时候看我们还能变出什么办法？"

"收回林班地干什么？"

"土地是官厅的,官厅要长草就让它长草。"

一直默默地扛着皮箱跟在后头的那个福叔的女儿,突然很乐观地插了一句话说:"听他们说省议员已经替我们提出陈情了。"她们母女俩同时回转过头来。看到低着头扛箱的女孩,她们的感觉和脸上的表情是极端的不同。

前头爬满了贴壁莲的石头墙就是梅子的生家。一只黑狗远远地凶猛地吠着冲过来。"黑耳,你发疯了,梅子也是咱们自己人呢!"经母亲这么一说,这只黑狗竟变得温顺,轻轻地走到梅子身边摇着尾嗅她。母亲又说:"这只狗很有趣。去年一来到咱们家就赖着不走,有时没让它吃东西,它还是乖乖的。它自己会去捉野鼠。捉多了我们就帮它吃,那些野鼠比我们人有得吃,每一只都肥得很,差不多都是一斤多重的,有时黑耳还会咬到野兔呢!"

黑耳好像知道主人在称赞它,它赶快跑过来主人这一边,用它的身体,很亲热地擦着主人的脚。

"讨厌的家伙,还不走开。等一下踩到你的脚才叫那就迟啰。"

黑耳轻巧地一跃,自己就领先带着她们穿进石头墙了。

第二天，渔港这边，那个叫阿榕的讨海人，差不多和昨天同一个时间，他带了五条肥大的鲣鱼，到娼寮去找白梅。同时也要告诉白梅，说他们的船修补好了，他得再回到船上工作。但是，很出他的意料，他扑空了。

"她不在了。"鸨母说。

"她昨天才在这里。"

"她说要去和你结婚。"鸨母笑着问，"你们结婚了？"

"不要再开玩笑，白梅哪里去了？"阿榕焦急地问。

"我问你？"

"她家在哪里？"

"我也问你？"

阿榕渴望地扫视着其他的妓女。他转头走了。

"怎么？不玩玩就走？留着吧。我找一只嫩鸡给你吃吃。这么年轻不应该找老的啊！"那个老鸨说。

阿榕失望地走了，手上那一串鱼从他的手上滑下来，他看都不看地走了。老鸨看了这情形就喊着说：

"小雀，快点出去捡那一串鱼回来。我们中午有鱼吃了。"

十个月

梅子回到坑底的生家，第一件事，决定准备替大哥锯掉那条烂腿。

在一串均匀的呻吟中，大哥突然哀叫出来：

"阿池——阿池——行行好吧。快来赶掉阿爸腿上的苍蝇吧。阿池你不要离开，阿池……"

梅子赶快赶到大哥的房里，替他赶掉几只在烂腿上吸吮脓汁的苍蝇。她再劝大哥说：

"你应该听话了，命是你的，你自己不知道保惜，别人是没有办法啊！"

"阿池这孩子变了，这孩子讨厌我了。"他哭泣地说，"我知道，家里的人都讨厌我，他们常常在背后说我，我知道。"

"你这未免也太冤枉人了。你知道阿母为你流了多少泪，大嫂简直就不像女人了，你所有的工作都落在她身上，那为的是什么？"

"阿池呢？我要他来替我赶苍蝇。"

"只有四岁的小孩子懂什么？我看他在地上睡着了，刚刚才抱他上床。你——"

"唷!苍蝇!"大哥痛苦地叫起来。

梅子一边赶着苍蝇一边说:

"你还是听我的话,反正你已经残缺一条腿了,就下决心把死腿去掉,不然你不久就会死掉。"

"我现在只求苍蝇不要来折磨我,能好好地死了我倒不怕。"他想了想,说,"我大概熬不到这一季番薯的收成吧。"

"钱的事情你不用管。"

"不,不,我绝不能再拖累你这个妹妹。"他惭愧地说,"从父亲死后,我应该为你安排好生活的,但是谁都一样。我是没有希望了。你能原谅这个无用的大哥?"

"没有人做错什么。我们不要再谈这些事了。"

"唷!要命的苍蝇!"梅子因为用心谈话,一时忘了挥动手赶苍蝇,而使大哥突然痛叫了起来。

"决定了。明天送你到医院去。"梅子肯定地说。

"不,不,我活着还有什么用?"

"你忘了?你的手艺不是很好吗?你不是可以用竹子做椅子、做畚箕、做筛子,做很多很多东西?"

"是的,那都是最简单不过的事。"他的眼睛亮起来了,"梅子,现在叫你大嫂在溪边种麻竹还来得及呢,清明前种竹子最好了,明年这些竹子就是好材料。"

回到坑底的第一个月,是梅子对什么都开始有信心的时候,大哥不但接受她的劝告去锯掉腿,并且病况非常进步;其中最令她禁不住喜悦,那就是经期的时候,月事没来了。经城里的两家医院的检查,医生都说很可能怀孕了。有一个医生推算,如果这次算怀孕的话,明年的正月就是顺月。

五月的阳光并没有落掉坑底这个角落。

一天清晨,由坑底一个叫木仔叔的中年人,从城里带回来一项消息,使得整个坑底都翻了起来。木仔叔手里握着一份报纸,像疯了似的兴奋地飞奔上来,每碰到他的人,马上就被传染上那份疯狂,在坑底跑来跑去。

木仔叔站在几个还没获得消息的村人的中间,大声地说:

"官厅明年不但不收回山坡地,反而把这些土地都要放领给我们咧!"

其中有人怀疑地问:

"谁说的?"

"报纸上说的！"木仔叔将城里的那家杂货店老板告诉他，并替他用红笔把那条新闻的标题圈出来的报纸，拿给他们看。他用力地指着红圈里面的字。

围着木仔叔的人，认真地瞪着红圈内的黑字，然后有一个人抬起头来说：

"那么那是真的啰？"

其他的人也纷纷抬起头说：那是真的啦，那是真的啦！其实这里面没有一个人识字。

阿母在番薯田听到这个消息之后，放下耙子直奔到家，拉着梅子说：

"梅子，我们不同了，我带你去看看我们的土地。"

梅子一时感到很茫然。但经过她母亲的解释之后，她才明白过来。

阿母带着梅子翻了山岭去看坡地的番薯田。

"看哪！从那仑头到这边谷底都是我们的哪！"

她们又走到另一块斜坡地。

"梅子，现在你踏的就是我们的地，你总想不到吧。直到底下都是。一枝草一点露，一点也不错，谁会饿死谁会富，这都是注定着的。"

在回家的途中,母亲突然沉默了一阵,然后说:

"以前我们愁没有钱没有地,现在有了地,问题又来了。"

梅子略微体会出这句话的意思,但她不敢去料想,她沉默着。

"梅子,你不觉得我们有了这些地之后,还要有一个男人。"母亲看看沉思着的梅子说道,"何况你又是年轻。"

果然不出她所料,母亲终于讲出来了。梅子想了想,她认为她的意愿也可以趁机会说出来了。

"你的意思我明白了。但是这一次我回来,我是有我的一套计划的。"她很平静地说,"我已经有身了,我准备在这平静的地方,将这孩子生出来。"

"那男人是谁?"

"那不重要。我是借着他给我孩子,我需要自己有一个孩子。"

"你怎么突然糊涂起来呢?没有和人结婚大了肚子,这叫我怎么向村人解释?"

"还有什么事比当妓女更不名誉?只要对人家好,当什么都没有关系。"

"我真想不通,你要孩子你大哥多得养不起,我看阿池就是一个好孩子。"

"不,我主张小孩子不要和父母分离,或者打乱他们的心。虽然阿池可以让我做儿子,但是他的心肝就被扰乱了。"梅子看到母亲那副严肃的样子,继续说道,"阿母,我并不是怪你们以前对我怎么样。"

"好吧!"这个老母先做了让步,一方面努力于改变自己的想法,去将就梅子。她想:梅子一回来已经使家里改善了许多了,我还能向她要求什么?她想着想着,便说:"梅子,你不但带给咱们家好运,整个坑底的运气也是你带来的啊!"老母亲快乐起来了。

几天后,整个坑底人都认为梅子的回来是一个好吉兆,山坡地放领的运气就是梅子带来的。同时梅子对家里的负责和孝行,再加上对村人的热诚,她在坑底很受敬重。

六月是土地向劳力还债的时候。

坑底的土开始被翻动了,一条一条硕大的番薯,叫人见了就欢喜起来。

村人先将板车抬到山路口,然后再挑担番薯和猪菜装上板车。他们一大早就成队把番薯运到二十公里外的城里。

梅子家虽然没有男人,但是大嫂和三个较大的孩子,他们都打上男人穿的草鞋,同样地也参加了运番薯的车队里面。

这天回来,每一家的板车上排着的咸鱼,多多少少都诱走了城里的苍蝇到坑底来。

"拿锄头的真不值钱呢!种得半死,一百斤番薯才四十八块。"

"可不是!"

"不过我们的劳力太多了。"

"你看嘛!两条咸鱼十六块。十六块钱可以买我们的一大堆番薯咧!"

回来的空车队,有的并排着走回来而这样埋怨着。到了山路口,大家都在那里歇脚、抽烟、饮谷水。

"梅子,坑底这么苦你还想住下来吗?"福叔问。

"不!我觉得很好。"梅子说。

这时,所有在土地祠附近歇脚的村人都注意过来了。

"你不会觉得贫穷是一件好玩的事吧!"福叔严肃起来了,"你想想看,一百斤番薯四十八块,这不是好玩的吧？"梅子根本就没想到，由刚才福叔的那句平凡的闲话，会掉进一个这么深渊的问题里面去，她有点害怕。不过这天她跟大嫂他们到城里去赶集，回来倒也想了这个问题，终于梅子对自己羞于发表的看法，几乎等于被逼出来了。

"一百斤番薯四十八块，这价钱好像我们自己向人要的。"梅子说。离开远一点的人都拢过来了。

梅子接着说：

"今早坑底出去的二十几辆板车，大概有一两万斤的番薯出市吧？"

"不止！有三万多斤！"当中有人这么答。

"对了，三万多斤。你们看，整个妈祖庙口的番薯市场，我们坑底的番薯就占有七成以上。"梅子觉得解释得有点困难，她很怕不能完全表达内心的意思。但又看到周围专神期待结论的眼睛，她焦急地说："我的意思是说，我们每天有这么多的番薯能分成三天或四天运出去的话，可能价钱会提高一点。"她赶快声明着："我不知道，这是我一时的想法。"

很出乎梅子的料想，村人从梅子的话得到了启示，于是就在山路口的土地祠前，大家得到了协议，将每日三万多斤的番薯分成三批，轮流运出去赶集。

果然，他们隔天就发现了效果。每一百斤的番薯，已经多涨了二十四块钱了。

七月有时只是属于某一个人的。

事情就这么确定了。早晨，梅子一起身就在后院吐起来了。母亲轻轻地从背后走过来，在她的背上轻轻地拍着：

"那是真的了！那是真的了！"母亲的声音有点激动，但也有点犹豫。

梅子满含着欣慰的热泪，慢慢地转向母亲说：

"我想已经确定了。"

"是的！已经确定了。"

梅子的脸上，绽开了一朵含羞的笑容说：

"阿母，我突然很想吃到腌萝卜。"

"腌萝卜？"老母亲翻翻眼睛，"啊！看看你的运气，去年的还有一瓶，不知道霉了没有？没关系，瓶底总有几条能吃的吧！"说完就忙着走开。

这个老母亲在一堆旧瓶子里翻来翻去，一瓶一瓶地打开栓子闻闻，再拿起来照照。她心里急得很。

"阿母，你找什么呢？"大媳妇问。

"我们去年剩下来的一瓶腌萝卜呢？"

"腌萝卜？"大媳妇被问得发傻了。

"梅子害喜了。"

"什么？梅子害喜了？"

梅子在背地里听到瓶子碰瓶子的清脆声，全身就被烫温暖似的感觉。

八月、九月和十月在他们的记忆里，像一只猫那样地走掉。

十一月是有洁癖的。

每年这个月份，总不失信带了大量雨水，来洗刷坑底。

首先，山雨连绵地下着。到了中旬风也夹进来了。坑底人留在家里不能出去工作。

几乎所有坑底的女人都在这同一个时候开始怀孕了。梅子大哥的腿锯口好了很多，大嫂也就有了身孕。然而，她的内心却后悔万分。

梅子的肚子已经挺得有点不方便。她小心翼翼地照顾着肚子里的那块希望。顺月所要用的东西、婴儿的衣服都准备了。母亲早就替她养了十二只鸡，等梅子月内时正补得着。

一夜，雨加大了，风也增强了。坑底整夜都在暴风雨的夜中颤抖。

"再这样下去，我们的土砖墙可受不了。"大哥似乎预感到什么地说。

"这样子好了，我们都到八仙桌下躲起来。"大嫂很冷静地说着。

但是老母亲却天啊地啊地呼喊起来。

等他们一家十一个人都挤在桌下，一声轰隆，后面的墙就坍倒了。竹子和茅草的屋顶也就跟着斜插下来。

梅子忍着泪，安慰哀号的老母说：

"我们不能再怪天了！我们总算是不幸中之大幸了。刚才我们要是迟了一步离开后间，我看我们都被活埋了。"

一夜之间，不只梅子家，整个坑底都被洗得干干净净了。

梅子不像其他人那么埋怨灾难。她感激着能保有平安的身躯，仍然平安地孕育着她唯一的希望。

十二月脱去以往的黑纱露出笑容走来了。

坑底人觉得他们的生活像是在补老屋顶那样，好容易抓到这边的漏，补了这边的漏，接着那边又有漏，找了半天漏,好容易才找到了漏,补了那边的漏,别地方又开始漏了。这叫他们放下来也不是,认真也不得,可真难为了他们。

十一月的山雨过后,阳光懒散地露出脸来,看着他们收拾灾后,土砖墙坍倒的十多户人家,他们在仑腰合作起来,在那里有的切稻草和泥,有的牵牛在泥堆打转稻泥,有的翻拌,有的铸砖。十多天来仑腰是坑底最热闹的地方。

"这种软日头和北风是做土砖最好的日子。做出来的土砖不会有裂痕。"在那里的大人这样告诉着小孩子。

在旁有人打趣说:

"不过最好是不要有做土砖的事情。"

"那当然,除非是要盖房子,要不然我们不希望有做土砖的工作。"

在谈话中,话转啊转地转到阉鸡婶的身上来了。

"阉鸡婶,梅子肚子那么大了,到底什么时候给人吃麻油酒?"木仔叔问。

在旁的人也纷纷关心起来:

"是啊!什么时候?"

"快了吧。"

梅子的母亲听到村人这么关心梅子,心里十分高兴。本来她有点替梅子担心受村人的嘲笑呢。

"落十二月。"阉鸡姆说。

"唷!那就到了嘛!"

"这个女孩子很乖,应该保佑她生一个男的。"一个年老一点的人说。

"是的,那是我长眼睛仅见的一个好女孩子。"

"哪里的话,是你们这些长辈不甘嫌她。"梅子的母亲暗暗在心里欢喜。

"说实在,我们赞美都来不及呢。"

"我猜她会生男的。看她的肚子好尖呢。"有一个女人这么说。

"该赏她一个男的才公道。"

"为什么肚子尖就会生男的呢?"一个正牵着牛在泥堆打转的十二三岁的男孩问着。

"小孩子和人插嘴问什么生子的事,你懂得把牛牵牢就是了。"小孩的父亲在轻轻的语气中带有点教训。

在和乐的笑声中,阉鸡姆还听到有人说:"阉鸡姆好福气啊。"这一趟她多挑了两块土砖回去。可是心里的欢畅仍然令她感到整个人飘浮起来。

"阿母,你该少挑几块啊!年老了腰是闪不得啊!"梅子一见她母亲,足足挑了八块土砖,心里有点放心不下。

"梅子啊!整个坑底人都要你生一个男的呢!"老母亲放下担子,汗都来不及擦又说,"争气点呐!"

梅子苦笑了一下。她心里何尝不想抱个男孩。但是求谁呢?她只要尽力安慰着自己,到时候再想别的了。

"我想我一定会生一个男孩。这孩子在肚子里动得好厉害。现在左右两边都会动了,并且动起来可真像男孩子呢。"突然她停下来,感觉肚子又起了一阵鼓动,"阿母,你的手快点过来,就是这里。"

梅子的母亲一手按住梅子的肚子,眼睛翻起来凝注精神,像是在偷听隔房人家的动静。半晌,嘴巴略张开,翻起来的眼睛的黑球,一下子跑过来左边,又凝了半晌,然后才说话:

"哇!这孩子可野呐!不是男孩子哪来这股野劲?"

梅子从头到尾看着母亲的脸,而被那脸上的表情带引到一个无处可退的绝境似的,满脸渴望的只能间歇性地说"对不对""对不对"……

"一定是男的啦！梅子。"

"应该是男的吧，应该是男的吧！"

"一定是男的，我以前生你的四个哥哥都是这样。"

"生我的时候呢？"梅子问。

"你和姐姐在肚子里的时候，我觉得像生了一块静瘤在那里。那时候我就知道生出来必定是女的。果然不错就生了你们姐妹。"

"那么说，我是会生男的啰？"

"哎！你紧张什么？生男就生男，难道还会跑掉？"老母亲乐观的语气，给梅子很大的信心。"梅子啊！你快到屋里去，当心感冒。土砖一定积起来了，我得赶快去。"说着，她又挑起空担走了。但是她心里明白，梅子能生男不能生男，那是不可能预卜的。

其实生梅子的时候，梅子在肚子里就动得很厉害。她想了想：她生六个孩子里面，梅子动的野劲最大。有什么办法？我是无心骗梅子啊！她回头看看，梅子已经很听话地不在外面，那里只有一堆湿湿的柴，和部分的土砖。她有点撑不住什么的，也许泄点气好些，腿软起来了，踩着泥路像踩着自己那样。前面是两座山衔接的地方，中间是很大很大的谷口，向谷口望出去什么都没有，不过很深远很深远的有着什么似的，在天空一直往后延，延到那么一点的地方吧。梅子的母亲凝望着那里，突然觉得谷口更亮了。她像来到神的殿堂前，抖擞着心灵，很虔诚地以一种乞求的声音诉愿：

"神明啊！给梅子一个男孩吧。"

正月人们都说是一个开始。

使城里的人畏缩在炉边或是被窝里的落山风，就是从坑底的屋脊滑下来，再由谷口掼到城里的，要是城里人敏感一点的话，他们可能从落山风里面，触觉到坑底人被刮走的体温，整个坑底就像冰窟。

梅子的腰并不是为了冷锋的侵袭而酸痛，她知道这是肚子里面的婴儿已经在开始落蒂了，心里的感觉真是忧喜参半。

"梅子，只有你这个孩子我不敢替你接生。"老母亲这么说。

梅子听了这句话，心里暗暗地高兴。她很早以前就担心着这件事，一直不敢说出口来。她想，坑底的女人都是在自己家生小孩，到时候怎么说呢？现在她不愁了。她告诉母亲说：

"阿母，天气这么冷，我想到城里去生比较好些。"

"我也是这么想。"

就在当天晚上，梅子的肚子绞痛起来了。大哥早就替她装了一顶轿子等她用，村子一听说梅子要进城生小孩，一下子就有好几个人来帮她抬轿。

半夜里冷风扣得很紧，三四朵火把的火焰被压得倒在一边，有时比纸芯还低，黑耳当先开路，一会儿前，一会儿后地跑着。

大哥撑着拐杖，站在风中，目送着黑夜中的火炬，一直到很小，一直到看不见。然而，一种直觉使他感到那情景的严肃和隆重，不由得竟从骨子里发寒起来。

梅子到了城里的产科医院，每二十分钟间隔一次的阵痛，已经急促到每隔五分钟就阵痛，医生说快了。护士来打了一针催生剂说：大概再过半小时。这一针打完不久，阵痛的情形起伏而连续不停。被搀扶到产台的梅子，额头凝聚大颗的汗粒，忍耐着造物授母性给女人的原始仪式。但是心里却为这激痛的实在感到慰藉，痛得越厉害，越让她感到她的希望不曾是妄想，而是一件就要实现的事实了。

医生要梅子的双手握紧产台两边的把手，同时在肚尾用力挤压，医生在旁边指导着她。说这样不对、这样对地鼓励着说：你做得很好，就这样再用力，一直到小孩子生出来。羊水早已破了，这样过了三个小时天也亮了，小孩还不见生出来，梅子显得十分疲倦，医生心里暗暗地吃惊，照这样的情形，照理应该产出来了，无论如何梅子一直做得很好。医生知道，她是比任何产妇更能忍痛，更用尽力气的。恐怕是脐带缠到小孩子的脖子吧？医生这样想。

因为这里是小医院，产台只有一个，所以有别的产妇急着来生产的时候，梅子被扶到另一个房去。这样子别人已经有两人产了小孩子，只有梅子还是停留在用力挤压肚尾的阶段。

听到别人家的新生婴儿在隔间的啼哭，梅子想象到一个全身通红的婴儿，她知道她也将有一个，但是万万没料到竟是这样困难的事。她躺在产台又尽力使劲地行压，欲想把婴儿产出来。医生看看她的体力，觉得催生还可以让它绵密，于是再三地打了催生剂，一阵一阵撕裂般的疼痛遂使梅子用力咿——啊——地挣扎着。

医生说："对对，你做得很好，就这样，不要停，再用力。"

每次梅子感到乏力和失望的时候，只要医生这么说，从她整个都瘫软下来的身体，就充满气力，一次一次再一次地试着使力，有医生在旁她就有信心。

医生的额头也在发汗了，他走到玻璃橱前，望着里面排得很整齐的手术器材发愣。他犹豫着，他内心钦佩这个产妇，从头到尾都是那么听话，那么认真，每一阵的催生都将痛苦化成力量在那里挣扎。她还有意志力和力量的，等她这些都使尽了再看看，医生离开玻璃橱，看看壁上的挂钟，摇着头记住已经拖了六个小时了。

"好心的医生，请帮忙，我一定要这个孩子。"梅子以微弱的声音乞求着。

"你放心好了，这孩子早就是你的了。"强装笑脸。

"我要活的，我一定要活的。"

"当然是活的。"医生握着她的脉："你觉得怎么样？"

"关心我的孩子吧！"

"没有你怎么会有你的孩子呢？你觉得头怎

么样？"

"很清醒吧！"

"好吧！"医生又吩咐护士打了一针催生剂。

梅子又被一段很长而绵密的阵痛所折磨，而她一次都不浪费地将痛苦的挣扎化成力量。她全身湿得像从河里捞起来。看那样子，比刚才虚弱多了。那种虚弱而清醒的样子，有点令人害怕，老母亲从头到尾陪在身边心痛得不断流泪。

"阿母，你为什么哭？是不是知道已经没什么希望了？"梅子问。

老母亲只能摇摇头，什么话都说不出来。

"医生呢？"梅子急着问。

医生重新堆着满脸的笑容走进产房，他又替她打了一针药说：

"时候已经到了，你刚才所做的对现在很有帮助，你再用力挤就行了。"

疏落下来的阵痛激增走来，梅子仍然用着力使劲挤，但是一次一次显得没力气了。

"你知道，婴儿该出来的时候，不能出来也是很苦的，他也很想出来啊！但是谁都帮不了忙，只有靠母亲了。来！用力。"

"咿——"梅子在用力。

"对，再来。"医生鼓励着。

"咿——"

"很好，快了。"

"梅子……"老母亲也急着想鼓励女儿，但她一开口说话就会变成哭泣，她把嘴闭起来。

"啊！我们看到婴儿的头。"

"咿——"这一打气梅子特别用力得久。

"再用力些，我们看到头了。婴儿在说妈妈你用力呢，再用力。"医生和着梅子："咿——对对。"医生的心里很难过，根本就还不见小孩的头，羊水已经流光了，所剩的时间不多了。

"咿——"她尽力地做着，现在她像一头驮着笨重荷物的象，就在她向前走一步就能勾到的地方，有一串香蕉，她肚子很饿，她向前走一步想勾到食物，但食物也跟着向前一步，她连续地追着这一串香蕉，而香蕉始终和她保持那一步的距离，后来她明白这是一套奸计，然而她更努力地追着，她想她的意志和傻劲必定会获得同情吧。梅子努力着，已经变得那么微弱，她还是不放弃希望。最后那种用力挤压的动作变成象征性了,她就渐入昏迷。

眼前一片花园,梅子茫然地走进去。有一个人大概是园丁吧,他严厉地说梅子不该随便闯进来。

"我曾经在这里种过花。"

"什么花?"

"我说不出。"

"什么样子的?"

"就是那样。"

"什么样?"

"我说不出。"

"你是说菊花吗?"

"不是!"

"玫瑰?"

"不是!"

"那么我们这里没有你说的那种花。"

"有!我曾经在这里种过。"

"我没有印象。"

梅子大声地叫起来:

"我不管——"

医生握着脉,数着脉搏,又打了一针,他向梅子的母亲说:

"我们再也顾不到小孩子,大人要紧。"

"医生——你不知道,这孩子是她的生命。"

医生了解到这并不是普通的意思。

"我当然尽我的能力。"

医生和护士都戴起口罩和橡皮手套来了。金属物偶尔相碰的声音撕着产房的静寂。

梅子昏迷中感到另一种新的剧痛刺激着她。她醒过来了,在心理上像小和尚在诵经中打了瞌睡醒了过来那样,慌张地又装念经的样子,她愧歉着。她又用力挤压起来:咻——

"对对,好极了。"医生已经将夹子夹住婴儿的头,等梅子再用一下力,才要把婴儿拖出来,好让梅子高兴,让她觉得她并没有白费力气。

"咻——"

医生顺手一拖:

"哇——生出来了,生出来了。是一个男的!"

老母亲和护士也像放下一块大石似的叫起来。

梅子肚子一下被拉出一块东西的感觉是凝聚在没有

情绪的状态,接着婴儿"哇"地叫了,这时的梅子才感到她的过去的一切都真正地过去了,她非常地冷静,老母亲却欢喜地哭出声来。产房的门开了,门外站着才锯掉腿的大哥和大嫂还有他们的孩子们。

看海的日子

几乎同孩子一起诞生出来的一个意愿,一直在心里鼓动着梅子,而这意愿却专横地不允许她做最简单的说明。虽然,这是她自己的意愿,但是,在她的心里面始终站在另一极端的位置,而不怕被孤立。她心里如此地挣扎着:

"走!抱着小孩到渔港去。"

"鱼群还没有来呀。"

"我知道。"

"那么不可能遇到他,这孩子的父亲。"

"我知道,这不是我主要的目的。"

"那为什么?"

"我不知道,也许可以遇见他。"

"遇见他怎么办?"

"我会告诉他这孩子是他的。"

"想去依赖他?"

"绝不!"

"那是为什么?"

"我明知道他现在不会在渔港,因为鱼群还没有来。现在他可能在恒春。"

"那么你去渔港有什么目的?"

"没什么,我知道我不会遇见他,但我必须去一趟。"

"……"

"我也不明白,所以我不能说明那一点意愿是什么?"

从有了这个意愿开始,梅子始终不能叫自己明白。她只知道这是急切的。现在她的健康已算恢复了,这个意愿在内心撞击得更强烈。

梅子抱着她的孩子,买了一张往渔港的车票,和一群人挤车。火车来了,车厢里面没有一个位子是空的。但是她只要能登上车,握一张往渔港的车票,她心里就高兴了。

正在她想找一个角落偎依时,在她的面前同时有两个人站起来要让位给她。对这件平常的事她感到意外,由于过于感激而发呆。有一个女人走过来,牵着梅子去坐她的空位。梅子开始正视对方的眼睛,那女人亲切而和善地微笑着。她看旁边的人,她看所有车厢里面她所能看到的眼睛,他们竟是那么友善,这是她长了这么大第一次经验到。她的视觉模糊起来了。曾经一直使她与这广大人群隔绝的那张裹住她的半绝缘体,已经不存在了,现在她所看见的世界,并不是透过令她窒息的牢笼的格窗了。而她本身就是这广大的世界的一个分子。梅子十分珍惜地慢慢地落到那个空位,当她的身体接触到座椅的刹那,一股温暖升上心头。她想:这都是我的孩子带给我的,梅子牢牢地抱着孩子轻轻地哭泣起来。

火车穿过大里的那道长长的山洞,一片广大无边的太平洋的波澜就映入梅子的眼里。她凝视片刻,将手里的孩子让他靠着母亲的手臂抱挺起来,面向着大海。小孩子的眼睛圆溜溜的还没有任何焦点,梅子指着海说:

看哪!孩子,那就是海啊!

海水是咸的哪！那里面养着很多很多的鱼。

有的像火车这么大的。

也有像你的小拇指那么小的。

看哪！那里有船哪！

讨海人坐在船上捉鱼，

捉红的鱼，白的鱼，青的鱼，黄的鱼，

统统给我的乖孩子吃。

对了！你爸爸就是一个很勇敢的讨海人，

有一天他为了捉大鱼，在很远很远的海上死掉了。

我的乖孩子，

你长大以后不要做讨海人，

你要坐大船越过这个海去读书，

你要做一个了不起的人。

梅子又像在祈祷似的自言自语地说：

"不，我不相信我这样的母亲，这孩子将来就没有希望。"她的眼睛又湿了。

太平洋的波澜，浮耀着严冬柔软的阳光，火车平稳而规律地轻摇着奔向渔港。

原载一九六七年十一月《文学季刊》第五期

青番公的故事

今天统统又从青番公的口中,
水鬼一个一个又化作缠小足
的美人,
在溪边等着人来背她过水。

青番公的喜悦飘浮在六月金黄的穗浪中，七十多岁的年纪也给冲走了。他一直坚持每一块田要竖一个稻草人：

"我又不要你们麻烦。十二块田做十二身稻草人，我一个人足够了，家里有的是破笠子，破麻袋，老棕蓑；不一定每一个稻草人都打扮着穿棕蓑啊！这样麻雀才会奇怪哩。为什么每一个农夫都是一模一样呢？所以说啊！你们做的稻草人，他们头上每每都堆满鸟粪，脑袋的草也被麻雀啄去筑巢。你们知道，现在的麻雀鬼灵精的，没有用心对付是不成的了！看看我做的吧。阿明，去把稻草抱过来。"全家十几个人，只有七岁的阿明和他有兴趣去扮十二身的稻草人忙整天。

从海口那边吹皱了兰阳浊水溪水的东风，翻过堤岸把稻穗摇得沙沙响。青番公一次扛四身稻草人，一手牵着只有稻秆那么高的阿明在田里走。

"你听到什么吗？阿明。"

"什么都没有听到。"阿明天真地回答。

青番公认真地停下来,等海口风又吹过来摇稻穗的时候又说:

"就是现在,你听听看!"他很神秘地侧头凝神地在体会着那种感觉。阿明茫然地抬头望着他。"喔!有没有听到什么?不要说话,你听!就是现在!"

"没有。"阿明摇摇头。

"没有?"青番公叫起来,"就是现在!"

阿明皱着眉头想了一下,随便地说:"打谷机的声音。"

"唉!胡说,那是还要一个礼拜的时间。我深信这一季早稻,歪仔歪这个地方,我们的打谷机一定最先在田里吼。阿公对长脚种①的水稻有信心。"停了停,他又问,"你真的什么都没有听见吗?"

"没有。"阿明很失望。

又一阵风推起稻浪来了。

"你没听见像突然下西北雨的那种沙沙声吗?"

"就是这个声音?"

---

① 长脚种:农村人对稻穗较长品种的水稻的戏称,"种",种类。

"就是这个声音！"老人很坚决地说。"怎么？你以为什么？"当阿明在注意金穗摇动的时候，老人又说："这就是我们长脚种水稻的稻粒结实的消息。记住！以后听到稻穗这种沙声像骤然落下来的西北雨时，你算好了，再过一个礼拜就是割稻的时候。千万不要忘记，这就是经验，以后这些田都是要给你的。他们不要田，我知道他们不要田，只要你肯当农夫，这一片，从堤岸到圳头那边都是你的。做一个农夫经验最重要。阿明，你明白阿公的话？"

小孩子的心里有点紧张，即使踮起脚尖来也看不到堤岸和圳头那边。这是多么广大的土地啊！他怎么想也想象不到这一片田都是他的时候怎么办？

"阿公，割稻的时候是不是草螟猴②长得最肥的时候？"

"哼！在早稻这一季的收割期，才有草螟猴。"

"啊！真好，我又可以捉草螟猴在草堆里烧来吃。"

"草螟猴的肚子里不要忘记塞盐巴，我知道你们小

---

② 草螟猴：闽南方言中指草蜢，也就是蚂蚱。

孩子不愿吃盐巴，塞盐巴的草螟猴吃起来香又不腥。到时候我会再用稻草秆做许多笼子给你关草螟猴。你要跟阿公多合作。"

风又来了。阿明讨好地说：

"阿公，我听到沙沙的声音了！"

"是，是，多美的消息。从现在开始，每粒的金谷子里面的乳浆，渐渐结实起来了。来！趁这个时候麻雀还没来以前，快把兄弟布置好。"

"麻雀什么时候来？"

"就要来了。快把兄弟布置起来。"

"阿公！"阿明落在后头，手拿着笠子叫："稻草人的笠子掉了！"

"嘘！"青番公马上转过身停下来说："这么大声说稻草人，麻雀听到了我们岂不白忙？记住，麻雀是鬼灵精的，以后不要说稻草人，应该说兄弟。做一个好农夫经验最要紧，你现在就开始将我告诉你的都记起来，将来大有用处。"

他们两个蹲在田埂上，把稻草人一个一个都在整理了一番，准备从堤岸那边放回来。

阿明看看稻草人说："阿公，兄弟怎么只有一只脚呢？"

"一只够了。我们又不叫他走路，只要他站着不动，一只脚就够了。"

当夕阳斜到圳头那里的水车磨坊的车叶间，艳丽的火光在水车车叶的晃动下闪闪跳跃，他们祖孙两人已把最后一个稻草人放在圳头那里的最后一块田里。阿明每次来到水车这里就留恋得不想回去。

"这水车磨坊以前就是阿公的。"阿明兴奋得抬头望着老人。老人又说："曾经有一段时期，歪仔歪这地方的人都不叫我青番，他们都叫我大喉咙。那时候我一直住在水车磨坊这边，每天听水车哗啦哗啦地响，说话不大声就听不见，后来变成了习惯，无论在什么地方说话都是很大声，所以他们就叫我大喉咙了。"

"你怎么不要水车？"小孩子的眼睛注视着一片一片转动的车叶，火红的阳光从活动的湿湿的车叶反照过来，阿明像被罩在燃烧着的火焰中，而不受损伤的宗教画里面的人物。

"有一年我们的田遇到大洪水，整年没有收成，后来不得不把磨坊卖了。唉！歪仔歪这地方的田，肥倒是挺肥的，就是这个洪水令人泄气。噢！当然，那是以前的事，现在不会了，浊水溪两边的堤岸都做起来了。从此就不再有洪水了。你放心，要给你的田，一定是最好的才给你。"

"我要水车磨坊。"

"你和阿公一样，喜欢水车磨坊。我们的磨坊跟庄尾的不同，他们是把牛的双眼蒙着让牛推，我们用水车转动就可以。"

"为什么要把牛的眼睛蒙起来呢？"

"不把牛的眼睛蒙起来，牛一天围着磨子绕几万圈不就晕倒了嘛！水车磨坊最好，不叫我们做残酷的事。"

那天晚上，老人照常呼呼地睡着了。到半夜阿明却两眼圆溜溜地听着圳头边传来的水车声一直不能入睡。在他转换睡姿的时候把老人碰醒了。阿明赶快闭眼装睡。

"啊唉！这孩子着了魔了！怎么这么晚还不睡？不要装睡了。你不正经睡，我就把你赶回去和你母亲睡。"

"人家睡不着！"阿明说。

"我们天亮还有工作，你怎么可以不睡？一个好农夫一定要养成早睡早起的好习惯。"

"阿公，我听到那声音。"

"什么声音？"停了停，他又问，"噢！稻穗的声音吗？傻孙子，把这结穗的消息留到白天去兴奋吧。快睡了！天一亮我们就要到田里去看看兄弟。"

"阿公，那水车晚上不睡觉吗？"

"呀！原来你是在想水车的事，憨孙哩啊③！老实告诉你，有一个这样比房子还大的水车是够麻烦的了。不但叫你喉咙放大，到风台季的时候，见了无尾猴爬上海口那边的天上，就得发动十几个男人来把水车卸下来，装上牛车运到州仔尾五谷王庙的后院放下来避风。等风过了，又得请那么多人搬回去装上。为了水车，每年都被人吃了好几大桶的白米饭，和几坛绍兴坛的米酒哩。哇！什么事像你的小脑袋瓜里编的那么简单？不要想了，不要想了，还是快睡吧。不早了，别人家的小孩子都正在梦见庄子里做大戏呢。"老人轻轻地笑了笑："噢——小孩子满脑子大锣大鼓的声音。快了，差不多割稻后两个礼拜就是我们歪仔歪谢平安做大戏的时候。

---

③ 憨孙哩啊：闽南方言，"你呀，这个傻孙子"的意思。"哩"为"你"的发音。

但是你不睡怎会到那一天呢？"

在昏暗的八脚眠床里，老人还可以看到小孩两只出神的眼睛，像是人已经跑到很远的地方那样。老人又说话。他心想总得想办法把小孩子哄睡啊！

"阿明，阿公说一个故事给你听，只有一个，听完了你就睡觉，好吗？"小孩很高兴地转过身来听老人说故事："很早很早以前，有一个年轻的国王，他瞧不起老年人……"说到此，阿明就嚷着说：

"这个阿公早就说过了。"

"什么？这个说过了？"岂只说过了，不知已说了几遍了，只是老人一时记不起来了。

老人特别喜欢说这一则故事给小孩子听，他觉得故事的教育意义非常正确。这故事的大意是说：一个年轻国王曾经下一道命令，把全国所有的五十岁以上的老人，统统送到深山里准备把他们饿死。因为年轻国王认为老人根本没有用，他们活着只有浪费粮食。当时有一个孝子的朝臣把年老的双亲偷藏在家里奉养。恰巧这时候国家遇到困难没办法解决，而这位朝臣的父亲想出了办法替国家解开了难题。年轻的国王从这里得到一个教训，知道老年人的经验的重要，于是马上收回成命，使全国的老人又回到家园与子女团聚。

"听过了就算了。睡觉吧,再不睡觉叫老鼠公来把你咬走。"

阿明最怕老鼠,一听说是老鼠公,身体缩成一团地挤在老人的怀里。不一会儿的工夫,小孩子已经睡着了。老人轻轻地把小孩子的脚摆直,同时轻轻地握着小巧的小脚丫子,再慢慢地摸上来,直摸到"小鸡鸡"的地方,不由得发出会心的微笑;此刻,内心的那种喜悦是经过多么长远的酿造啊!那个时候,每年的雨季和浊水溪的洪水抢现在歪仔歪这地方的田园时,万万没想到今天,会有一个这么聪明可爱的孙子睡在身边,而他竟是男的。

他心里想:人生的变幻真是不可料啊!谁知道五六十年前那时的情形?棺材是装死人,并不是装老人啊!年老有什么不好!

年轻那一段最悲惨的经过,也是现在最值得骄傲的生活。虽然被洪水打败了,但是始终没有屈服。那时候村子里的人在园里工作只要一挺身休息,就顺眼向大浊溪深坑一带的深山望去,要是在云霄上的尖顶(他们叫作大水帽),一连一个礼拜都被浓密的乌云笼罩着看不见的话,他们的心就惶恐起来,再看兰阳浊水溪水比往常更混浊而汹涌时,下游的人就开始准备搬东西了,这是歪仔歪人生存的经验。再等到深山里的雄芦啼④连着几天,突然栖息在相思林哀啼,就开始将人员和畜生、货物疏开到清水沟丸丘上,又将横在屋檐下的竹筏放下来待用。尖顶的大水帽的失踪和雄芦啼突然的出现,是山洪暴发前几天的征兆,它的灵验性是绝对的,因此歪仔歪人才有信心生活在浊水溪的下游。

但是,有一次,半夜三更的时辰,整个村子里的人都被突发的轰轰隆隆得像千军万马的奔腾的声音吵醒了。

"阿爹,大水!"青番提醒被这声音吓呆了的父亲,喊道,"大水来了。"

但是青番的祖父很不以为然地说:

"憨孙,大水是我们歪仔歪人最熟悉的,今天我在田里还看到大水帽的全貌,同时这几天我们又没听到雄芦啼来相思林叫,这怎么会是大水呢?"

"就是。"青番的父亲和着说。

---

④ 雄芦啼:台湾地区乡村里的一种报信鸟的俗称,随着乡村老人的逐渐老去,现已无法探究了。

这时轰轰隆隆震天动地的声音越来越感到逼近了。老人也开始怀疑起来。

"是啊！这是大水啊！"当老人这么说，家里所有的人，把内心的极度惶恐都表现在行动上慌张起来。跑啊——跑啊——大水来了——外面已经有人惨绝嘶声地叫喊着，青番的老祖母和母亲都散着发跪在大庭的红色的八仙桌前，天公啊地公啊地呼神叫佛。小孩子畏缩在屋檐下哀叫母亲。"阿成！快把小孩子背走——青番，你快到猪圈里把猪放生，还有牛、鸡、鸭都放了——快！女人不要哭了，快跑呀！看哪里稳就往哪里跑。"青番的祖父疯狂地喊着。

"阿公，你呢？"

"我你不用管，你还年轻，快跑！"

"阿公我带你。"

"跑！跑……"老人手拿着一根手杖，每说一字"跑"就往青番的身上狠狠地打过去。老人把手杖都打断了，青番还是没跑开。老人手拿着半截的手杖又连续打着："你不跑我就打死你！"后来老人口里说些什么都听不懂了，因为他们都哭得不成声音了。青番的眼睛被阿公打破，头皮的血淹得有点模糊，但神志还很清楚，他强背着想留在屋子里的祖父往外面冲出去。外面暗得天和地都分不开，只听那已经逼上来的洪水声和人畜混乱的哀号声，当青番在稍做方向的判断的时候，水就冲到了。

青番醒过来的时候，已经是清晨了。他躺在庄尾人的竹筏上，旁边还躺着两个肚子胀水鼓得很高而断了气的村人。

"大哥，这个年轻人还活着呢！我们撑到岸边救救看。"那个庄尾撑竹筏的年轻人说。

他们把青番运到陆地上，那个被叫大哥的人看到附近园里有人驱牛工作就喊：

"喂——把牛牵过来救人哪——"不一会儿，那人把牛牵过来了。他们把瘫软得像一条棉被的青番，面向下地横披在牛背上，然后牵着牛在原地上打转，这样牛走步的震动就使青番肚子里面的浊水都吐出来了。他们还把青番放下来，用树枝拨出鼻孔里的泥沙。

"真凄惨啊！整个歪仔歪都在下面了。"那三个人望着茫茫的洪水叹息着。

这次的洪水是歪仔歪有史以来所遭受到的空前浩劫，所有的土地和那上面再迟半个月就可以收获的番薯和花生都流失，人也丧失了一大半。青番这一季五千株番薯和五大斗的花生种子的收成，都是拿来向罗东街仔人借钱盖房子押青的，前几天他们在园里除杂草的时候，阿公才说："去年我们已经把祖公的风水修起来，今年把房子盖了，明年就应该给青番讨个番婆了。"那时青番羞得猛挥着铁耙，不小心地把硕大的番薯都耙了出来。老人见了就说：

"阿成，你看你的孩子，说要给他讨个番婆就气得把番薯耙了出来。"

"管他！他不讨老婆我们省花钱也好。"

"对！对！"他们家里几个人在番薯园里乐得哈哈笑。这些，现在都随波逝去了。

祖父的尸首，第三天才在下游的地方被发现。但是身上已经爬满外壳黑亮的螃蟹，而那螃蟹被抓起来摔死在地上的时候，两只毛茸茸的钳足，还牢牢地夹着将要腐化而灰白的肉丝。有的摔烂的螃蟹还流出油亮的蟹黄，这正是兰阳地区俚语所说的"春鲟冬毛虾"的初冬。青番是从那尸首的黑衣服和他右手紧握着的半截手杖认出祖父的。这样，吴家就只留下青番一个，和他二十一岁的年龄。

五六天以后，大水才算全部退掉。这时，再浮出水面的歪仔歪竟变成了一片广瀚的石头地，这比见了洪水淹没时的情景，更显得绝望。青番在石头地上抱着一颗大石头哭了整天，口里喃喃地说：我怎么办？我怎么办？

这次的水灾，所有的歪仔歪人都怪秋禾这个人惹来的天祸；在大水来的前一个月，很多人都看到秋禾从山上捡柴回来时，还捉了两只雄芦啼回来。当时有很多人劝他放生，但是秋禾不但没把芦啼放生，还将芦啼杀了烤来吃掉。雄芦啼是歪仔歪人忠实的报信鸟，每年不管是大小洪水要爆发之前，雄芦啼每晚一定都在相思林那里啼叫。因为那声音很像芦竹做的芦笛声，所以歪仔歪人就叫这种鸟为芦啼鸟。村子里的人一听到芦啼的叫声，就知道提早防范洪水的来临。要是这时候作物还勉强可以提早收的就提早抢收。秋禾这次虽然在大难中得到生还，但是在歪仔歪人公愤之下，双手被绑着准备把他带到浊水溪里淹死。一个叫福助的老人对着大家说：

"你们的意思怎么样？"

"我们还是问问青番和阿菊的意思看看。因为这次他们两家遇害最惨，只剩下他们两人。"

当时阿菊并不在场,她是比青番大六岁,丈夫和三个小孩也都被大水冲走了。老人又大声问在场的青番:

"青番,你的意思怎么样?把他淹死呢?或者是把他赶走?"

所有在场的人的目光都落在发呆而颤抖着的青番。青番无意接触到秋禾的那种绝望而哀求的目光,一时禁不住地放声哭着说:放走这条狗吧——

秋禾终于被歪仔歪人驱逐出这块石头的荒地,听说当晚他就翻过草岭路到淡水跑帆船了。

重建这种石头荒地为田园,确是一件十分艰难的工作,但这并不是歪仔歪人第一次的遭遇,前人来这里开垦的时候,就一直和这里的洪水抢土地,后一代的人同样地有坚强得能够化开石头的意志和劳力。他们还想在这个地方生活下去,首先大家想尽了办法,勉强筹集了够请一棚外台戏的钱,在荒地上演了一场"大水戏"压水灾。那晚除了几个负责人之外,没有其他歪仔歪人去看戏,来看戏的人都是邻村的人。

戏做完了,一段漫长劳苦的日子,都掷在一层厚达三四尺覆盖泥沙土的石头上。新插植的番薯藤吸收洪水携带下来的沃土的肥汁,又带给他们生机和希望。等到番薯藤在畦间爬绿了歪仔歪的一个早晨,青番和阿菊备办了清茶四果和金烛响炮,用谢篮装着提到顶厝仔的土地公庙烧香。他虔诚地跪在案前,手捧着圣筶⑤,闭着眼睛口里喃喃地向土地公说:"土地公,我就是歪仔歪的吴青番,大水后新种的番薯受您的保佑已经长得很好,今天我夫妻俩特地备办清茶四果在答谢,以后我们有收成的时候,我们一定用三牲酒礼来答谢。土地公,我们还有一件事想请您给我们指点,我们想养一头母猪,不知您是不是赞成。土地公,您一定给我们指点,要是土地公赞成,请示圣筶。"说完就睁开眼睛,将圣筶拜了拜,移到右手,很慎重地掷在地上。圣筶"喀啦"清脆地一响,马上显出一阴一阳来。青番脸上露出笑容,口里小声地叫着"寿杯⑥"!他往阿菊看了看,她还跪在案前没祷告完。青番很快地俯身拾起圣筶,又

---

⑤ 圣筶:放置在庙里的占卜用具,用类似于蚌壳的两半器物制成,合拢拿在手里,掷于地,观其俯仰阴阳,以占吉凶。
⑥ 圣筶掷地后,出现一阴一阳,称之为"寿杯",表示神明认同,或行事会顺利;出现两阴,称之为"笑杯",表示神明还未决定要不要认同,行事状况不明;出现两阳,称之为"阴杯",表示神明不认同,行事会不顺。如祈求之事相当重大,多以连掷得三次"寿杯"才算数。

捧在手中对着土地公念念有词地说:"土地公,您要是真正赞成我饲母猪,请您再现一个寿杯。"说完又把圣筊掷在地上。这次又是一阴一阳寿杯。他虽然心里十分高兴,但是为了要饲养一头母猪也得花四五十块,这笔钱使他有点不大放心,于是又捧着圣筊说:"土地公,您真的赞成我们饲猪母吗?这关系着我们生活很大啊!我为了慎重,祈求您再应我一个寿杯。"圣筊一落地又是一个寿杯。青番乐得把阿菊的祷告岔开:

"阿菊,土地公答应我们饲母猪了,掷了三次圣筊,三次连连都寿杯哩!"

当天他们就在顶厝仔花了四十五块钱,赶一头猪母走了五里路回歪仔歪。果然没有错,饲养猪母他们叫作"土地公钱",只要是土地公答应了就万无一失。猪母一到青番家,小猪一窝一窝地生,田也一块一块地开垦起来了。所有的歪仔歪人都一样。

虽然后来洪水曾经再连续来了好多次侵扰这个地方,而歪仔歪人的意志,和流不完的汗水,总算又把田园从洪水的手中抢回来。现在每一块田都变成了良田了。老人越想越兴奋,原先的睡意全消了,对过去奋斗过来的那段生活,从没有像此刻想起来的更感到骄傲。

这时他禁不住地要把刚才好容易才哄睡的阿明叫醒过来，急着想告诉他这些令他骄傲的经过。

阿明被老人叫醒过来时，恼得几乎就哭出来。青番公开头就说："傻孙子！哭什么？这些好田都是阿公早前用汗换来的呢！这些，都是你的了。哼！你还哭什么？"

阿明还在半睡半醒的状态中，根本就没有把阿公的话听在耳里，他梦呓地喊："我怕！我怕！老鼠公来了，我怕……"

老人很快地把小孩抱紧在胸前，笑着说："阿公也真是神经！你还小嘛，我把话扯得太远了。"他装着赶走什么似的，"嘶——嘶——老鼠公走开，阿明很乖，在睡觉了。嘶——嘶——快点跑到别地方去咬不乖的小孩子吧。"他又慈祥地对着已经睡着了的阿明说："不用怕，阿公把老鼠公赶跑了。来，阿公摇，阿公惜，后壁沟仔三顶轿，一顶铺竹叶，一顶铺草席，一顶金交椅。阿公摇，阿公惜，前面山顶三间庙⑦……"他一手轻拍着阿明，一边口里哼着，声音越来越小声，不知在

---

⑦ 闽南民谣，老人哄小孩睡觉的摇篮曲。"后壁沟"指屋后，"金交椅"即黄金做的椅子。

什么时候，他也安静下来了。

早起是老人的习惯，天刚要亮，青番公就悄悄地起来，拿着大勺子到牛栏里去给牛诱尿，准备浇红菜。然后拿着大竹帚，把厝前厝后打扫一番。大媳妇阿贵也早就起来在厨房里忙个不停。老人看到阿贵还是很节省地将干草送进灶肚里，每次再用火卷[8]猛用力地向灶里吹气，而被浓浓的白烟熏得眼泪流个不停。

"还俭省什么草？下个礼拜就割稻了，到时候你用也用不完。"老人又看到阿贵拿在手里的火卷说："呀！火卷烧得这么短了怎么不叫我再做一枝？这么短用起来太危险了，火舌一下子冲出来，包你烧到头发，烧到脸。今天我就做一枝。"

"都是阿明这孩子，他看人吹火卷他也要学，结果就把火卷烧去了半截。"

"噢！这个小孩子，昨晚很晚了还没睡，后来哄他说老鼠公来了他才睡了。但是他睡了，我却睡不着。"

"爹，你再去睡一会儿吧。"

"噢！怎么能够？我还有很多事情要做呢。"说着

---

[8] 火卷：闽南方言，即吹火筒。

就要踏出厨房,但突然停下来回过头向阿贵说:"草你尽量烧吧,老是这样吹吹熄熄也不是办法。"

当他回到他的房子,阿明已经醒过来坐在八脚眠床里面呜咽地哭着。"哎呀!这小孩子倒颓⑨了,这么大了睡醒还哭什么?"老人一面伸手去探探被褥,"偷尿了没有?没有偷尿你哭什么,快点下来解小便。"

太阳的触须开始试探的时候,第一步就爬满了土堤,而把一条黑黑的堤防顶上镶了一道金光,堤防这边的稻穗,还被罩在昏暗的氤氲中,低头听着潺潺的溪流沉睡。清凉的空气微微地带着温和的酸味,给生命注入了精神。青番公牵着阿明到田里去。

"阿公,稻草人……"

"嘘!你又忘了。应该说兄弟,不要再忘了!"

"我们又看兄弟吗?"

"看看兄弟有没有跑去看别人的田。"

"要不要到水车那边?"

"当然要去。"

"真好!"阿明一高兴轻跃了一下,一滑脚就滑出

---

⑨ 倒颓:闽南方言,傻傻呆呆的样子。

细瘦的田埂跌倒在田里了。田里虽没有水，但是稻穗上的露水都落在阿明的身上。

"阿公，昨天晚上下雨了吗？"

"没有，那是露水呀！阿明你看，要割稻前，露水这么重是一件好现象。这一季早稻的米粒一定很大，并且甜得很。看！多可爱的露珠哪！可惜你刚碰破了几万粒这么可爱的露珠啊！"老人显得很陶醉的样子。因此使阿明无形中觉得碰破了贵重的东西似的犯罪感而愠愠于怀。"阿明你舔舔看，露珠好甜呀。"老人轻轻地而微微发颤地用手指去蘸了在稻叶脉上的一粒露珠，然后用舌头把它舔掉。"来！像阿公这样。"

太阳收缩他的触须，顷刻间已经爬上堤防，刚好使堤防成了一道切线，而太阳刚爬起来的那地方，堤防缺了一块灿烂的金色大口，金色的光就从那里一直流泻过来。昨天的稻穗的头比前天的低，而今天的比昨天还要低了。一层薄薄的轻雾像一匹很长的纱带，又像一层不在世上的灰尘，轻飘飘地，接近静止那样缓慢而优美的，又更像幻觉在记忆中飘移那样，踏着稻穗，踏着稻穗上串系在珠丝上的露珠，而不叫稻穗和露珠知道。阿明看着并不刺眼的硕大的红太阳，真想和太阳说话。但是他觉得太阳太伟大了,要和他说什么呢?

"阿明,你再看看太阳出来时的露珠,那里面,不!整个露珠都在转动。"

阿明照着老人的话细心地观察着露珠:

"阿公,露珠怎么会转动呢?和红太阳的红颜色在滚动一样。"

"露珠本身就是一个世界啊!"

当他们再度注意太阳的时候,太阳已经爬到用晒衣竿打不到的地方了。这时候,突然从堤防那边溪里传来了两声连续的枪声,击碎了宁静,一时使阳光令人觉得刺眼和微度发烫。老人烦躁地叹了一声说:

"不会又是杀雄芦啼吧!"

"什么雄芦啼?"

"你不知道。现在没有这种鸟了,从浊水溪的堤防做起来以后,就没有人见过芦啼了。以前歪仔歪那一片相思林就有芦啼,但是它不常在那里,大水要来的时候才会出现。怪!真的都没见过芦啼了。"

"阿公,谁杀了芦啼鸟呢?"

"唉!这个说来话长,以前有一个日本人来歪仔歪猎鸟,他杀了芦啼,歪仔歪人杀了那日本人,后来到法院,唉!这些你不会懂,说了也没有用,原告、被告、律师这些名词你都很陌生,我怎么讲呢?什么叫作日本人你也不懂嘛!"青番公真想把这一段现在想起来仍然义愤填膺的经过告诉阿明,但是有这么多小孩子还不能明白的名词,即使一个个都解释了也不能了解,他心里有点急。堤防那边又传来枪声,青番公听起来就像打他胸膛,他气愤地说:

"阿明,你要记住,长大了绝对不能打鸟,尤其是芦啼。"

"你不是说没有芦啼鸟了吗?"

"说不定以后会出现。还有白鹭鸶、乌鹙这更不能伤害。就是说你不种田了,也不能伤害这些鸟。阿明你会种田吧?"

"阿公,麻雀打不打?"

"也不要打,吓跑它就行了。"

他们已经来到第一块田了,稻草人斜斜站在田里,老人走过去把它扶正说:"脚酸了吗?喔!插得不够深,我还以为竹子不够牢。这样行吗?好!麻雀来了赶跑它们。"

"阿公,你和谁讲话?"

阿明在田埂上这边喊着。

老人慢慢地走过来说:"我和兄弟讲话,我叫它认真赶麻雀。"

阿明感到莫名其妙地问:"稻草……"

"嘘!你又来了,这么小记性就这么坏,以后长大怎么办呢?"

"阿公,兄弟怎么会听你的话?"

"怎么不会听我的话?不会听我的话就不会赶麻雀了是不是?你看看我们的兄弟会不会赶麻雀,一粒稻子麻雀都不要想碰它。"

一切正如青番公所预言的,歪仔歪这地方的早稻,是他们的最先熟,他们家的打谷机最先在田里吼叫。青番公整天笑眯眯地在田里走来走去,他告诉来帮忙收割的年轻人,说长脚种的稻子只有一点坏处,就是槁秆高怕风,别地方的人不敢种,其实歪仔歪这个地方倒很适合,尤其是堤岸附近的田更适当,两三丈高的堤防长长的把海口风堵死了,强风一翻过堤防都变成柔风,那是最好的了,稻子弄花的时候,花粉传得最均匀。长脚种的稻子比其他的种早半个月熟,结穗率高,稻草打草绳、打草鞋最牢最软,牛也最喜欢吃,烧火煮饭烧茶有香味,煮起来的饭、茶特别好吃。厨房烧草的烟熏房子,屋梁木柱都不会生蛀虫。

当青番公他们的田已经翻土了,稻根都朽黄了,田也放水了,附近的田里还可以听到打谷机的轰轰声。家里的大人都跑去帮别人农忙,家里只留着老人和小孩,而大一点的都去上学了。阿明无心再吃草蜢猴了,已经吃得腻到极点,他坐在晒谷场赶鸡。青番公把收音机里的歌仔戏节目开得很大声,他手里拿着棕叶做的苍蝇拍,在屋子里找苍蝇来拍。阿贵走来问他说:

"阿爹,中午要不要温一瓶酒?"

老人得意地,但看都不看阿贵一眼,眼睛盯在一只停在三界公灯的苍蝇说:"我正想喝一瓶哪!"

"我想中午炒了土豆,把土豆臼碎了你就有酒菜了。"

老人将媳妇的话听在心里十分高兴,一方面他在找一个适当的角度,想怎么打才不至于打到三界公的灯罩,而把苍蝇在空中击毙。他绕了过来说:"这只苍蝇也够狡猾了。对了,有土豆松等一会我去菜园拔一点香菜来和。"

"我拔回来了。"

"好，好。就温一瓶酒吧。"说完就将提得高高的苍蝇拍子猛一拍下，因为太离开三界公灯的关系，没打着了苍蝇。他很快地又在日历上发现一只，这次很轻易地连着日历打下了苍蝇。

收音机里十二点对时一过，接着就是播报地方新闻；第一条新闻就很吸引青番公。新闻称：宜兰县政府为了改善农村的生活，积极辅导农村副业，第一步已经拟就了整套的养猪贷款办法，从今天起公布实施。陈县长说，为了配合养猪计划，县府将三千多公顷山坡地开放给农民种猪菜，并特别指派专家及各地农会合作，深入农村调查……

老人心里想，那不坏啊，盖一间猪舍贷款五百块，养一头菜猪贷款两百块，养种猪母猪一头贷款九百块。那就盖一间猪舍，养一头猪母才好呀，多少年没养猪母了？不能算了，太多年了！那时候要是不养猪母，恐怕也没有今天的生活，看它生了多少窝的小猪啊！那个顶厝仔牵猪哥⑩的猪哥文，他总要沾一点光，到处向人说他的猪哥多好多好，像青番的母猪都是叫他的猪哥来牵

---

⑩ 牵猪哥：闽南方言，专门指给母猪配种的工作。后在闽南语中，常常引申专指好色的男人。

庚⑪，才生出那么多小猪。这已经很久的事了，猪哥文到阴间里不会再牵猪哥了吧！不然他就要和那些年轻的专门搞人工授精的指导员，争辩热精冷精的问题。青番公想了想，决定要再养一头母猪。

　　土地公又赞成他养猪母，贷款的手续也办妥当了。老人带着阿明到浊水溪，撑一条鸭母船捞沙准备盖猪舍用。老人拿着竹篙站在船尾，很熟练地驶船，他大声地向坐在船头有点害怕的阿明说：

　　"坐在船上不能随便乱动，眼睛不要看近水头才不会晕眩。"

　　"阿公，我到你那里好吗？我怕。"

　　"不要动。怕什么？今天的浊水溪有什么可怕，水流这么少，就像一个病人要断气那样奄奄一息的。以前的浊水溪，哈！流水之急啊，水面上都起了一层水雾，那声音整年就像马群在奔跑不停。做起大水来，这些地方只要你现在眼睛所能看到的地方，都变成大海那样，一个浪一个浪把什么都吞了。上至大埔、柯林，下至下三结这一带都是浊水溪的大水路，一淹就是几千甲⑫的

---

⑪ 牵庚：闽南方言，给猪配种。
⑫ 甲为旧的测量单位，台湾地区沿用至今，一甲地等于14.55亩地，约9696.87平方米。

土地。"老人一谈到浊水溪的语气,就像在惋悼一位大英雄人物的晚年似的,想把这位英雄再从他的口里活现。"你想想看!几千甲的土地,一个晚上就沉到水底,等土地又浮出来的时候,几千甲地都给你摆满了厚厚一层石头。你现在看了这种水就怕,要是看以前的,包你倒栽下去。"

虽然,现在的浊水溪在青番公的眼里,看起来像病人的喘息,事实上一公里宽的河床,中间有几处沙洲,山里的泥土混浊了整条溪水流向大海,这情景也够壮观了。在年幼的阿明看来,他是荷不起极其渺小感的恐惧心。

"阿明,看!前面那一条线就是浊水溪桥,上面有一点一点的东西跑着是不是?那就是汽车。"

"好大的桥啊!就是用走路走不完的桥是不是?"

"有三千四百五十六尺长。这很好记,三四五六。"

"那个桥是谁的?"

"是大家的。谁要过都可以过。以前没有这座桥的时候,罗东这边的人要到宜兰,那时宜兰叫作噶玛兰。

或者是噶玛兰的人要到罗东这边来,都要坐渡船。每坐一次渡船要一枚钱仔,现在你看不到了,圆圆的中间有一个方孔。"老人沿途就把以前的事情说给小孩听。老人又告诉小孩,说要找沙得到下游,上游只有石头,因为沙轻都流到下游。不知不觉中,他们的船已经驶到桥下,小孩仰着头看桥,所看到的只是桥的各部特写而已。这时候桥的中间有两部大卡车顶在那里,双方后面也跟着停了各种各样的车排列下来。本来是不会发生这种现象的,因为桥幅窄没法容纳两部大汽车交错,所以在桥头两端都设有哨兵控制着红绿灯的。但是这天不知怎么了,桥头都亮了绿灯,才造成了这种情形。

　　桥上一时乱成一团,双方的司机在那里争执,没有一边愿意倒退,事实上半里路的倒车也不是简单的事,从南方澳渔港运鱼要赶到南部的卡车,冰水"沙沙"地流下来;赶着运一车工人要往苏花公路抢救坍塌的卡车也急得要发狂。跟在后头的车,有的幸灾乐祸地按着喇叭玩,前头的互相嚷得几乎要动武。桥下的浊水溪水理都不理地默默地流。

　　青番公把撑篙插在水里,把船拴牢,一边看着桥上的争吵，一边又重新把浊水溪这里早前的水鬼的故事，一则一则翻出来说给阿明听："古早[13]古早，浊水溪有很多的水鬼，这些水鬼要转世之前，一定要找人来交替，所以啊这些水鬼就……"而这些水鬼的故事，从这一座大桥建起来，人们甩开撑渡不用以后，就很久没人再提起了。今天统统又从青番公的口中，水鬼一个一个又化作缠小足的美人，在溪边等着人来背她过水。

原载一九六七年四月《文学季刊》第三期

---

[13] 古早：闽南方言，意思是在很久很久以前。

两个油漆匠

实在是不错的工作。

有好多艺术家的作品,

一直都没人注意。

你们的作品,

一天就有多少人看哪!

1

　　随着建筑法令的修改,这个处在火山环带多震地区的祈山市,它最高的建筑物,不再是十一层楼的保险大厦了。

　　二十四层的银星大饭店,随后矗立在圣森大道与爱北河平交的西南角;占去了过去整个吉朋中学的旧址。隔着沿河大马路,紧靠爱北河西岸这一方,是一面面东的空旷巨墙。不管它是怎么逐渐地被堆砌起来的,当它形成了一面巨墙的时候,总是令人感到突然。

　　另外,还造成了所有从火车站那一端,沿着圣森大道乘车过来的人,当他们穿过圣森大桥拱背的中间,随着往下滑的那一瞬息,每每被这面灰色巨墙所引起的错觉;乍时一瞥,好像整幅墙就倒塌过来的情形,给吓得久久心悸不停。要是已经有过经验的人,心里早做了准备,但是一等到车子又从大桥拱背往下滑的时候,还是免不了会虚惊一跳。这时，往往再度受到惊吓的人，总是毫不经意地向这面灰色巨墙，着不到边际地瞟上一眼，冒出既暧昧，又无可奈何的笑容。

不久，巨墙又开始有动静了。吉士可乐准备利用整个巨墙，画目前最红的女明星露胸的半裸像，来作为他们的广告。对过去只在五六层楼的墙上画广告，和爬上一些规模较大的工厂的大烟囱上，写几个工厂的名字的巨人美术工程社，他们承揽这一件工程，在财力与技术来说，不能不算是做最后的孤注一掷。

好容易两个星期的喷底工作，才使整面巨墙变白，却惹来了几件官司。报纸上说，巨墙对岸三百多户人家，联名提出抗议；他们说自从把巨墙喷成白的以后，叫他们面西的房子，好像被倒转过来朝东一样，一大早被反射过来的阳光，扎得很不习惯。其中有一户单独提出控告的。原因是当家的爷爷，有一天早上，一手遮着眼睛，一手举着拐杖指着白墙咒骂的时候，突然昏眩扑通倒地，从此就不再醒过来了。报纸最后又说，这面墙似乎是活着的。

2

　　阿力和猴子悬在十七层的地方，为了女明星袒露出来的两个大乳房，忙了三四天，还看不出有什么进展。猴子的手机械而均匀地刷个不停，嘴巴里一支古老的东部民谣，从他一唱上口，不知已经唱了多少遍，唱了又唱，看他的兴趣，说不定要唱到太阳下山。阿力心里烦不过了，几次想叫住猴子，但是只到心里头那么一想，也就懒下来了。

　　巨墙打白底的时候，虽然招惹对岸人家的非难，他们戴起深色的太阳眼镜，工作起来倒不觉得有什么不对劲。但是轮到着色的会话，戴不得太阳眼镜，背部受烈日的煎迫，前面受油漆光的反射，水壶里的水早就断滴，身上的水分化成汗水流的流，蒸发的蒸发，想再喝点水都不方便。从开始着色工程三天以来，除了猛喝茶水，真正的三餐都没胃口。人晒黑了。体重减轻了。不过令阿力感到最苦恼的事，还是眼前现阶段的工作。说是说画女明星袒露的乳房，谁晓得？一对乳房有好几层楼高大。人紧贴在墙上不停地刷啊刷啊，到后来连自己都怀疑到底是在干什么？油漆一桶一桶地堆上去，刚刚涂得均均匀匀的部分，等一下回头一看，又不知怎么地露出许多一点一点的空白。过去墙面打底的时候，一向是用刷子一笔一笔，把粗粗糙糙的水泥面填平。这次为了赶工用喷的，墙面的粗糙凹凸还是原在。当老板也发觉到这问题的严重性的时候，事情已经没法重来了。单单打那图样的轮廓就费了多少天？现在只好在着色的阶段，多费油漆和多费些工罢了。

阿力觉得眼睛有点模糊，每刷一次都感到那么吃力，而又不能马上知道做得对不对。这样一直不停地工作下去，好像受骗又骗了自己。有时想起来又更像是着了什么魔法，掉进无际无实的环境，做着那无意义的挣扎。猴子在离他不远的地方，仍然不停地唱着那一支民谣，只是刚才用唱现在用鼻子哼。阿力同样地感到厌烦。他想喝止猴子。心里又想，再让他唱一会儿吧。如果唱个没停再说。他干脆放手看着猴子。猴子好像一点困难都没有，刷子几乎都没停止。他真想知道猴子的脑子里在想些什么。他也看看上头和下面，整面墙二十多个人，每一个人也都是那么规律地挥动着刷子。他想，难道他们都不怀疑自己在做什么吗？老板还说我的工作细心，要我负责画乳房的部分。他说乳房最不容易画，并且这整幅画的精神就在乳房。老板说话时,两只手举到胸前,手掌用力像抓紧着女人乳房的姿势,引起在场听取工作分配的人大笑一堂。那一阵笑声,把当时分配到画乳房的他,给笑得尴尬了起来。叫他一时分不出是得到赞赏,或是受到揶揄。在那笑声中,猴子笑得最大声。所以在老板接着说由他在里边挑一个帮手的时候,他一手就把猴子抓了过来。虽然猴子大声嚷着不不不。现在看看就在身边动刷子的猴子,自己也觉得好笑。什么时候自己也拿起刷子刷了几下,桶子里没有油漆了,把它挂在挂钩上,拉拉绳子跟底下的人做个信号。空桶子慢慢地往下滑去。在装好油漆的桶子未升上来之前的几口烟的时间,就是他们休息的时间。他点了一根烟,想着老板的话。细心?怎么细心法?像这种大得不像话的东西,说有多细心也不管用吧。

猴子的民谣有一阵子自己停下来,现在又唱起来了。阿力想不透一支民谣有什么好唱,一连几个小时唱不烂?他和猴子都是东部的人,这支民谣就是他们家乡的老歌。除了让他感到亲切之外,今天有点被猴子塞腻了。但是现在听猴子重新又唱起来,刚才这种厌烦地想喝止他的心情,竟然消失了。看着猴子的模样,倒觉得好笑。嘴巴一松开,和着猴子,家乡的民谣也从自己的口中流出来了。猴子回过头向他笑笑,一边点头,一边用劲地唱,他想纠正阿力的调子和有些生疏的歌词。阿力稍停了一下听听猴子的,很快地就给纠正过来了。一股清新的喜悦,莫名其妙地流遍阿力全身。猴子看他开心,他心里也很高兴。

"你也唱歌了?"猴子移过来阿力的身边。

"给你传染上的。"阿力笑着。

"我还以为你是哑巴哪!"

"不要挖苦好不好?"

"你自己知道。这几天看你要死不活的,话也不说,饭也不吃。看你那种臭脸孔,真想揍你两拳。"

"揍嘛。"

"你不要以为我不敢,以后看我敢不敢。"猴子说。

阿力叹了一口气。

"叹气有什么用?你应该照实告诉你老母。"

"你看信了?"阿力有些惊讶。

"还不是老问题!"

"你真的没看?"

"乌龟看你的信!"

"我不是不相信你。"他突然觉得没有什么解释的必要,"你也知道,这一个月我实在没有办法寄了。每个月向你借两百,一直都还没还你。一年多了,已经多少了?"

"谁叫你告诉她一个月赚两千。"

"我不这么说,她会招我回去种田啊!"

"但是想想看,一千二和两千差多少啊!"

两人沉默了一下。猴子又说:

"还是照实告诉你老母吧!"

"噢!不!"阿力像受到惊吓般地叫起来。

"那怎么办呢?一个月才拿一千二,还要寄五百元给家里,你不吃不住啦?其他你还能做什么?"猴子看着垂头的阿力说,"如果你不敢,由我来说吧!"

"你放心好了。你的钱我迟早会还的。"阿力莫名其妙地生气起来。

猴子很失望。本来一转身走开了,但是突然停下来很冷静地说:

"阿力,要是我们不是老朋友,你的话叫人多么不好受。"他又哼着民谣,若无其事地走开。

阿力刚说完那句话的时候，后悔已经来不及了。再听猴子说是老朋友，心里更加难过。几次想向他道歉，始终就鼓不起勇气。他猛刷着女明星袒露的乳房。他记不起来了，不知从什么时候，这样怕起母亲来。一提到母亲，脑海里就显出她的泪颜，而她似乎滔滔不绝地说：你总不该这样对我啊！你父亲死的时候，你才三岁，妹妹两岁……简直不堪想下去。他觉得自己好罪恶好罪恶。但是我有什么办法，信上清清楚楚地说，希望你赶快寄一千块钱回来，订金已经给了两百。他这样想着，并想走过去告诉猴子，说这一次母亲要的是一千，而不是五百。他想这样猴子可能会原谅他。当他看猴子的时候，多么渴望猴子也转过脸来。猴子的侧身现在在他看起来，是那么样的冷漠，单从歌声无法揣测他的心情。

阿力最后要上来的一桶漆，用不到三分之一，已经是散工的时候了。在上面工作的人，纷纷在他背后小心地移动过去。他一笔一笔地刷着，又开始觉得像着了魔，掉进无际无实的魔法里面，做那渺茫的挣扎。猴子移过来问：

"还不想走？"

"还有半桶多的油漆。"

猴子拿起刷子和他站在一起开始工作起来。阿力渴望猴子多讲话,好让他抓个机会向猴子说明一下。猴子沉默着。他心里非常焦急。

"你在想什么?"阿力突然破口问。

"什么好想?"

"还在生气?"

猴子看了看阿力。脸上带着无可奈何的苦笑说:"其实我也很苦恼,我的心情比你好不了多少。你信不信?"

"你不是一直在唱歌吗?"

"这样的工作真叫人糊涂,叫人苦恼。画了几天愈画愈糊涂。到现在我还不知道我在画什么?"

"画女明星袒露的乳房啊!"他心里有一点暗喜,原来猴子也和他一样。

"鬼咧!女明星袒露的乳房?说是那么说。我不相信这样能画出什么来。"猴子用力甩着刷子。

"我一直以为你画得很开心。还不停地唱歌。"

"不唱歌要哭啊!"

"那么为什么老唱我们家乡的《蜈蚣蛤仔蛇》

来呢？"

"不知道。想起来就唱嘛。"

"想家？"

"鬼咧！放心好了，八辈子也不会想家。我大伯拉过屎的土地，我发誓绝不再去踩踏。"

"整个下午你一直都唱个没完。"

"是啊！就这么奇怪，不知怎么一唱上口，上瘾似的戒也戒不掉。几次停住骂自己疯了。过一会不知什么时候又哼起来。真有鬼。你不想唱他却偏偏让你唱，还让你唱个没完。嗨！怪就怪在这里。"

"我还以为你开心。"

"开心？"猴子有点像叫起来。

"我看啊！如果我们再这样画下去，不知道谁要先发神经病。"

"你也画不来？"猴子好像有些惊讶。

"还用说！没有谁画得来的。"他厌恶地刷着说，"这，这，这不知道在搞什么？"

"那你说怎么办？"猴子也学阿力粗率地甩着刷子。

"能怎么办？画啊！管他画得成画不成。到时候不要忘记给我们钱就是了。"

"不要说钱,一提到钱就叫人浑身不舒服。我们一道来巨人已经两三年了。一千二是一年半前给我们加的到现在。你知道,为了这个工程临时招来的十一个人,他们有多少钱吗?"

"你知道?"

"算天的。一天一百。"

"有那么多?"阿力给吓了一跳,问道,"你怎么晓得?"

"他们自己人告诉我的。"

"那真没意思。把我们当什么呢?"

"你才知道!"

桶里还剩下一点漆,他们两人草草率率地给它弄到墙上。

"走吧!"猴子说。

"到哪里?"

"下去啊!"

阿力想了一想:"上去吧。"

"干吗?"

"反正时间是我们的,到上面坐坐。"

"刷子和空桶子呢？"

"也带上去吧。"

他们两人小心地爬到工作架的顶端。阿力说：

"就坐在这里。"

"居然上来了，差那么一点干什么？干脆就上阳台。"

"那上面还没有东西呢。"

"有什么关系。走！跟我来。那边有几根钢骨凸出来。我们可以从上面爬过去。"

"小心呐。摔下去是白摔的。"

"你摔下去，你老母一毛钱都拿不到。"猴子笑着说。

"现在不要说话。小心！"

"没有问题。"猴子很有信心地回答。

"来，把你的桶子给我。"阿力接过桶子，看着猴子爬，叮咛道，"把勾绳扎好。不，在右边。"

猴子上去了。"来，把你的桶子也一起给我。"

阿力回过头往下望了一眼："唷！我们简直就在爱北河上空嘛！"

"快上来再看吧。"

"等一下怎么下去呢？"

"还不是这样下去。"

"我看没那么简单。"阿力上到阳台，再往下望。"乖乖，这样一栽葱下去，比飞机失事更绝望。"

"不要老往底下看。找一个地方坐下来聊吧。"

"空空的。"

他们两人望了望还没修建的阳台。"风好大啊！"阿力说。猴子走到前面那里，对阿力说："阿力，我们到那上面去。"他指着一根往外伸出约有两公尺多的粗钢管，中间部分从墙上成四十五度角伸上来的有一根同样大小的钢管支柱，在末尾的地方有一个粗线的铁篮子。底下什么都没有，直接就到马路上。

"什么？"阿力眼睛睁得大大的，"你是说我们要爬到那照明灯罩里面吗？"

"到那铁篮子里才够意思。"

"我看算了，何必冒险。"

"冒险？那你说以后装灯的电工怎么办？走。"猴子蹲下身，准备爬过去。

"猴子，"猴子停下来看着阿力，"还是算了吧，就在这上面不是很好吗？"

"没意思。"猴子想爬过去,突然又停下来向阿力说,"我们的工作在一般人看起来,也是在冒险。但是我们倒觉得很平常。一样,来吧。我走过去,你跟着来。"猴子溜了下去,把手脚挂在支柱干,小心地倒爬上去。

"阿力,快过来啊!"猴子站在铁篮里,对阿力喊道,"这里真够意思,叫你意想不到的够意思。把桶子勾绳放在那里。在这上面看,更像在爱北河的上空哪。过来。"

阿力站在那里犹豫了一阵,心里有点不愿意。

"别那么胆小好不好!"猴子叫着。

"你别这样叫了。你再这样叫我就真的不过去。"

"好好,我不叫。"

阿力和猴子一样,将手脚倒挂在钢管,心里想要是这样掉下去,不是什么都完了。好高啊!他突然感到背脊都凉了。他又听到猴子在唱。这个猴子真的着了唱歌疯。他心里诅咒着,并且偷偷地往下看了一眼。"唷!猴子,真的在爱北河上空呐!"

"你这个人!怎么在这样高的地方,老爱看底下。快上来再看嘛。"

"我不是上来了吗！"阿力一边勉强地笑，一边说，"胆小的是你。"

"不要说话，快上来。"猴子一直注意着阿力爬上来。

阿力又往下看了一下。他妈的，我怎么搞的，真的这么爱看底下。要不是猴子提醒，我还不知道呢。他上来了。猴子松了一口气，露出笑容说：

"怎么样？很棒吧。现在你爱怎么看就怎么看。"

"这里有电线露出来。不知道有没有电？"

"不要碰它。我看不会吧？"

"他们会不会找我们？"阿力往底下望，脚踏在大网眼的铁丝网上面，真怕自己变得比网眼小，而漏到地面上，甚至于变成水漏掉。

"你别神经兮兮的。下班是我们的时间，他们能管我们什么？"

阿力还是勾着头看下面。他的手紧紧地抓牢篮边，"猴子，你说有没有人会看到我们？"阿力不敢大声说话，在潜意识里，他觉得这铁篮子已经超过了负重。猴子没听到他的话。他拉一拉猴子的衣服，猴子转过身来，铁篮子反映着它的弹性，动了几下。"嗳唷！猴子你不要动。"阿力的话有一点像不敢喘气似的说出来。猴子看了阿力这种样子,禁不住地大笑起来。篮子动得比刚才厉害。这时,他反而没有本能上的那么害怕。他很镇定地说:

"猴子,你不要这样笑我。"篮子还有一点动。但他一直叫自己不怕。因为这样,他更需要注意篮子的摇动。猴子看到他一时变得那么严肃,也就不再笑了。相反地觉得有点尴尬。

"好,我不笑。刚刚拉我回头不是要说什么吗?"

"我是说我们在这里不知道有没有人看得见?"

"怕什么?"猴子说了之后,及时注意到说错了。阿力站了起来,他从阳台爬到篮子里来之后,一直都是缩成一团蹲着的。"你始终看我胆小。我们来做一个游戏看你敢不敢好不好?"他显得很伤心的样子。

猴子看了他这样,再也不敢取笑他了,连连地说:

"我不敢,我不敢,我并没有取笑你的意思。"

"没有?你就是这样。"

"不不不!我发誓。"猴子举手做发誓状。那样子很可笑。

阿力忍不住想笑。"发誓?你敢。"

"我发誓。如果我存心取笑你,就让这根钢管断掉。"

这下子阿力忍不住笑了。"唷!你就是这样的人啊!发誓让别人死啊!"

"我也在篮子里啊!"

"可不是。"

"有什么关系,我们好朋友嘛!"

两个人都笑得很开心。阿力同时感到篮子摇得比刚才厉害。但是一边不能不笑,一边还得抑制内心的惧怕。他出其猴子不注意的时候,看看底下。

"你看看底下。"猴子说。

阿力怔了一怔,以为猴子又来了。猴子接着说:

"离开我们最近的地方,就是直直下去的路面。我们在这么高,在路上的人、汽车,有谁注意?何况那更远的地方怎么能注意到我们。"他们俩都注意着底下,"看,行人只有那么一点,车子像火柴盒,他们能看到我们什么?"

"你觉不觉得?底下的情形,像不像一盘小机器?对!很像手表里面的机器。有的大,有的小,有的快,有的慢,来来往往,并且都在一定的在线动。喂!你有没发觉，在这上面看下去，什么东西都显得很整齐的样子。"

"那当然。"猴子笑着说："阿力，就是一个男的和一个女的在这里不穿衣服，我想一定也没有人注意。"

"你试试看。"

"你试。你试。"

"我没有说。"

他们又笑了一阵。

"你是不是很怕人看到？"猴子问。

"怕人看到了来干涉？"

"不会啦。"

阿力想一想："要是我老母看到我在这上面，不知道她会怎么样？"

"我猜她会昏倒。"

"不要谈这些了。没有意思。"

"有没有烟？"猴子摸摸自己的口袋。

阿力掏出香烟，分一支给他。他们点了香烟，曾经沉默了一段时候。最后猴子指着车站那一边说：

"从我们家乡来的火车快进站了。"

阿力看着远远的地方，火车渐渐驶进火车站。

"我们来多久了？"猴子的声音变得很沉。"我一向最讨厌算时间。"

"什么？"阿力没能把猴子的话听清楚。他的声音也很沉。

"我是说我们那一次一道离家到祈山来，已经有多久了？一定很久了吧。"猴子猛吸一口烟。"好快。差不多就是这个时候到达的。我记得我们一下火车不久，天也暗了。"

"有两年又七个月。"

"有那么久？"

"你算嘛，我们家乡那里的鹅掌花开是几月？那时一大早你叫我在庙后的鹅掌花丛那里等你。等你好久不来，河边的鹅掌花差一点都被我摘完。后来你来了。你说你伯伯前天赢的钱，昨晚统统输得精光，又把你伯母的手镯给输了。所以你偷不到钱。"阿力停了一下，"我说那怎么办？你也跟我说怎么办？"两个人都笑了。

"你记得可清楚。"

"我们那时是想到我舅舅工作的船上去当水手的。"

我说我们只有这么一点钱怎么到祈山？扣掉车资，还有多少……"

"没关系！你不是说可以找到你舅舅吗？"猴子兴奋起来，语气也充满了信心和希望。

"对！你当时就是这么说的，样子也是这样，你学得真像！"

猴子重重地拍了阿力的肩膀，咯咯地笑起来。

"后来呢？"

"后来，后来我们就当了油漆匠了。"阿力有点难为情地说。

"后来我来说吧。"猴子看着频频吸烟的阿力："后来找了三天没找着你舅舅，钱也用光了。你说要回家，我们吵了一阵。回家也没钱。我说再去找你舅舅。那时你才说你根本就没见过他，只是常听你母亲说的。后来我们才变成两个油漆匠，现在已经算熬出头了，老板叫我们画世界上最大的一幅画，而这幅画最重要的部分，是我们两个人的工作。"猴子最开心的时候，笑起来的声音很像敲木板桌子。

"你说不怪我的。"

"没怪你，只是说着玩玩。"

"最近我才知道,像我们这样让家人打骂之后,突然异想天开地跑离家的少年人,可真不少啊!"

"看嘛!这一班从我们东部来的火车,一定载了不少像我们这样的人来祈山。一下火车,提着包包,张着大嘴,茫茫然地东张西望。差不多都像这样。"猴子自己也觉得好笑。

"下火车搭贼船。"

"什么贼船?"

"只能上,不能下啊!随便它开到哪里。"

"你净懂得这些老人家的话。前些天才听你说了一句什么。当时想问你,后来不知道为了什么就忘了。"

"老人家的话土是土,但是很厉害。"

"怎么厉害法?"

"我是说很棒!"阿力说:"反正很棒就是啦!"

"我怎么不知道?"猴子有意问着玩。他手指间的烟蒂往河边弹得远远,"再给我一根烟。"

"我也不知道。不过话不是这么说。"他一边掏烟,一边说:"现在你叫我回东部的山间生活,办不到。我想我一天也待不住。"他拿出火柴。因为风大,自己先点着。深深吸一口:"在这里抽烟真够味。"他把自己的烟递给猴子引火。"你能不能？"

"我不是说了吗？我伯父拉过屎的土地，我猴子绝不再去踩踏。"猴子把烟还给他。

"不是这个意思。"但是他又想不出怎么说才好。"第一次我回去，他们把我当着外星球的人，团团围起来，问我这，问我那。村长竟然也向我说：回去以后也替我们的阿木找个工作吧，拜托你啦。你完全意想不到，我们好像被尊敬起来。好不自然啊。哪知道我年初第二次回家时，村长还很认真地问我阿木有没有工作？多难堪。他们以为我们有多好。"

"这样为什么就不能回去？"

"我说不上来。"阿力有点烦。倒不是怕说，而是因为没能表达出自己的意思，"比如说，我一直觉得我必须赚些钱才能回去。但是看这种情形，我不可能有钱，不可能有钱就没有脸回去。"他看看猴子那种不表示赞同的样子，赶快接着说："当然不只这点理由，我现在一时也讲不上来。"

"算了。我们净谈这些没趣的事干什么。"

天色开始有点昏暗下来，风刮得比刚才还起劲，空油漆桶不稳地咯咯响，偶尔几阵风，还能把空桶子推动。猴子又心不由己哼《蜈蚣蛤仔蛇》。

"阿力,我们不要干这个工作好不好?"

在沉思中,猴子突然这样问。

"为什么?"

"我就知道你不会赞成的。"猴子沮丧说,"算了。算我没说就是啦。"

"你怎么会知道我不会同意?"

"这件工程老板很重视你。"

"刚才我不是说我们要是再这样画下去,不发神经病才怪。你忘了?"

"这是你对这件工程说。这个过后,你不是很好吗?以后也不会再有这样的工程了。我看我是对油漆匠的工作,压根儿就不适合。"

"老实说,我恐怕连这件工程也挨不过。"

"你有计划了?"猴子露出欢喜的颜色说,"你也想辞职?"

"没有。"

"讲清楚一点嘛!"

"现在只能顺其自然发展。我也不知会怎么样。"

"那么你说挨不过这件工程是什么意思?"猴子显

得很焦灼。

"碰到这样没有意思的工作,逼得叫人发神经病,谁知道会变成怎么样?"

"说不定真的发神经。说不定烦腻了,一时想不开跳下去死掉。"

"没那么严重。"阿力笑着说,"说不定一时想不干啦,什么事都让它烂。不然就拖拖拖,一直随事情拖下去。"

猴子想了想说:"阿力,我们不要考虑同进同出的事好不好?我想明天就不干啦!"

"不要太冲动。"阿力想不出更恰当的话。"你突然变这样冲动起来。当然,你有很好的工作,我不反对。但我明知道你还没找到工作。"

"我不来以后我们还是最要好的朋友,何况我们是同租一个房间的。"

"不是这个问题。难道你想做什么就能做什么吗?"

"嘿!现在?"猴子懊恼地叫起来,"我看啊这一辈子再也不会有什么事由我们做主!"

"我们一道离开家乡到祈山来不就是?"

"只那么一次,并且啊落到这样的地步!"猴子气愤说,"不管。我明天就不干了。"

"以后呢?"

"不管。"

"哪里有这么好的事?"阿力笑着说。

"不管就不管!"

"刚才一直好好的,为什么突然变这样暴躁?"

两人一时都沉默下来。

阿力摸出香烟说:"剩下一根。嗯!给你。"猴子摇摇头。"我们一个人一半。"阿力继续说。他把香烟折成对折,想拿一半给猴子,突然又收回来。他把两截烟支衔在口里,一起点起火来。他把点着的烟递给猴子说:"刚才真笨!这样点不就很好吗?"猴子接过他的烟,并没马上放在嘴里。阿力一边吸烟,一边注意着猴子。

"我们吸完这一半就下去。"

这时一阵强劲的风,把一只油漆桶推倒,阿力"啊"地叫了一声,猴子也愕了一下,他们眼巴巴地望着空桶子顺风向,很快地从他们身边,直往底下坠落。一段感觉上似乎很长的时间,他们慑凝在休克的状态，眼望着底下的人和车的往来，桶子缩成一小点，差不多消失时，当一声清脆的响声反弹上来。他们互相望了望。

"没打到人吧？"阿力说。

"看不出打到人的样子。"猴子睁大眼睛往下看。

"没打到吧。有的话就会看到有人躺着。"阿力说，"只有两三个人走过来看。"

"没打到人。"猴子像安慰自己说，"你刚刚听到桶子掉在地上的声音没有？"

"听到。咣当。如果砸到人就不是这样。"

"是没砸到人。那个人真讨厌，还站在那里不走。又有人走过来了。你看！"

"我看到了。真讨厌。"

"你看！走不走，还在那里看我们干什么？"

"我看我们下去吧。"

"你怕什么！又没砸到人。"

"人越来越多啦。"

"不管！"猴子和刚才说"不管"时一样的气愤。

猴子突然把头探出篮筐外，大声地向底下叫喊起来："滚开——当心我跳下去压死你们。"

阿力也给猴子的叫声吓了一跳。"你干什么嘛,这样大声叫喊。"阿力有点生气。

"看!他们不是都退了。"猴子得意地说。

"退?人越来越多,你还说退了?"

"该死。"

"里面的人退,外面的人越集越多。看那边!车子也停下来了。我们有麻烦啦。"

"我们又没砸到人。"

"看他们在我们底下退出一块空地来。"

"他们以为我们还会掉下东西呢。"

"不!他们以为你要跳下去。"

"我?"

"你刚才不是这样叫了吗?"

"叫他们等吧!"猴子说。

3

不一会儿的工夫,接圣森大道这一段沿河大马路,整个交通都给阻塞了。人还是不断地涌集过来,连圣森大桥的桥沿,还有对岸都开始有人站了。一辆警车沿路拉着警报器和闪着警灯开过来了。

"管闲事的来啦。"猴子说。

"我们走吧。"

"走!"

当他们两人回头到阳台这边的时候,同时看到四个人从阳台的那一边梯口跑过来了。他们愕了一下,那四个人已经来到阳台的边缘。一个穿着制服的警察,两个块头很大的普通人,像是学了柔道,另一个也和普通人没分别,比那两位瘦小。

"你们两个暂时不要动。"那位警察很匆忙地说。其他的三位,好像在研究地形,在那里小声说起话来。其实两边用平时讲话的声音交谈,对方是不可能听到的。风呼呼地叫,要交谈都得费些力气。

他们两人心里十分害怕,但外表上强装得镇静。尤其是猴子那一副满不在乎什么的样子,令那位警察更紧张起来。在他的经验里,那种视死如归的人就是这样镇静。所以在慌张之下,一开始和他们谈话就说:

"你们为什么要自杀?"隔着两米多,风很大,他不能不大声喊。

"我们并不自杀啊!"猴子说。

"什么?大声一点。"

"我们并不自杀啊!"猴子用喊的。

"不自杀?好!暂时不要动。"警察转过来叫,"纪先生,你来和我们的朋友聊聊天。"

那个比较瘦小的人走过来,很客气地说:

"小老弟。你们有什么困难吗?我来帮你们忙。"

"我们并不自杀。"猴子又喊起来。声音有点躁。

"别相信他们。"蹲在旁边装无线电话的那一位警察小声地插嘴说,"不管自杀不自杀,把他们当着要自杀来处理比较安全。"

"我知道你们不自杀。"那个瘦子说。

"那么你们走开让我们走过去。"猴子说。

"噢!等一等,等一等。"警察赶快放下无线电,转过来说,"我们马上就帮你们忙。现在请不要动。"

"喂!你怎么不讲话?"那人指着阿力问。

"我没什么话说。"阿力懒懒地回答。对方不可能听清楚他的话。

警察一边抽无线电的天线,一边看着阿力,又小声地告诉姓纪的说:"多注意那个不说话的。"

"请问你贵姓？"

"什么？"猴子问。

"请问你贵姓？"

他们两人觉得对方很客气。

"我们都姓金。"猴子说，"你让我们过去，你们要知道我们什么，我们都可以一一告诉你们。"他转向阿力用平常讲话的声音说：

"怎么办？他们好像不相信我们。"

"有什么办法？最后只有坐在这里等他们把我们怎么办就怎么办。"

"他们会怎么办？等他们来背我们过去？"猴子说。他又转向他们大声叫着说："你们现在不叫我们过去，等一下是不是过来背我们？"

这句话倒叫阳台这边的人吓了一跳。

"多么像那一次在保险大厦跳楼的那个口气。"姓纪的说。

"就是。要特别小心，再栽一个下去我们也不好受，这次是两个呀！"警察说。

"看这样的环境，他们两个大力士可没有用武之地了。"姓纪的又说，"消防车、救护车都还没到，催他们一下。"

这时,阳台这边又陆陆续续来了一些人,有的是胸前挂照相机的记者。他们一上来,尽量接近他们两人,挤在阳台边边的地方,开始不停地拍照。

"你叫金什么?"瘦子指着阿力问。

猴子用膝盖碰阿力说:"阿力,他在问你。"

阿力抱头望着对方没回答。

"他叫金阿力。我叫金旺根,平时他们都叫我猴子。"

阳台这边的人都笑起来了。

"所以你爬到这样高的地方也不怕。"有一位记者插嘴说。但是他们俩并没听到。

"请各位帮忙,目前先由我们来问他们,请各位不要随便发问,事关人命,不要开玩笑。拜托拜托。"姓纪的向记者们说。

"你们是兄弟?"

"不是!"

"那么碰巧,两个都姓金。"

"东部金家厝的人,全部姓金。"猴子说。

底下传来消防车的钟声和警报器鸣叫,阿力他们都低头往下看。三部消防车下来了一批人,就在他们底下架起网来了。还有一部救护车停在旁边。人密密地集在他们眼睛所能见的地方。

"金先生——"警察叫。

他们抬头看阳台这边。

"没什么,那都是来保护你们的。"

"我们没怎么啊!"

"没怎么最好。"

猴子心里纳闷起来。他看到阳台上面也几乎站满了人。刚才和他谈得还好的那个人,被一群记者围在中间,看他在那里比手画脚,不知道在说些什么。

"你们有没有亲戚在祈山市?"

"没有。"

"他呢?"指着阿力。

"我知道,他也没有。"

"你们在哪里工作?"

"巨人美术工程社。底下女明星的大乳房就是我们画的。"

警察向猴子问了一大堆笔录上最起码都要问到的问题。猴子烦不过了。阿力轻声地叫猴子。

"我们一定要回答他们的话吗?"

"大概是。"

"这下我们可出了名了。明天的报纸一定是头条。"

"管他头条不头条,我们又不是干坏事。"

"不知道还要多久?"

"谁知道?这些吃饱饭没事干的竟然有这么多人。"

"怎么办?"

"怎么办?反正到这种地步,我们也上不去,和他就这样。看他们把我们怎么办?"

"就这样!"阿力也赞成。

天已经暗下来了。阳台两边两盏灯打着他们,底下三部消防车的云梯只能到达十四层的地方,三道强光,从三个不同的角度,直打到他们身上。他们两人除了互相能看得很清楚之外,其他什么都看不见。当他们被这种无意所造成的灯光效果,照得精神不安而又急躁的时候,就在和他们讲话的正前方,又加了一盏强光对着他们。一根晾衣竿的顶端吊了两支东西,还盘了电线,慢慢地向他们这边伸过来。

"干什么？"猴子嚷了起来。

"不要怕！这是祈山电视公司和圣森电视公司的两支麦克风。"对方的话已经是透过扩音机说出来的，"我们不会伤害你们。请放心。"

"不要受骗。"阿力小声地向猴子说。

"我们可以保证，绝不伤害你们。我们是来保护你们的。绝不欺骗你们。"扩音机的声音很清楚而温和。

阿力和猴子都吓了一跳。阿力说："他们听到了？"

"是的，我们都可以听得很清楚。我们不是说了吗？竹竿前端的那两个东西就是麦克风。你们说的话我们都可以听得很清楚。"扩音机的声音说："对不对？我们没骗你吧。麦克风就说麦克风。现在我们两边谈话都不必费力了。"

照相机的镁光灯不断地闪，阳台上面十分嘈杂。有些背后的声音很清楚地从扩音机溜出来。

"杜组长，请你过来让我们访问一下。我们是圣森电视公司。"

"好的。"

阳台上面突然又亮起一簇灯，阿力和猴子开始看到一些人了。原来那位警察就是杜组长，他被一群记者围在那里一一回答他们的问题。虽然那位姓纪的又回来利用扩音机和他们谈话。但是背后的访问从扩音机溜出来的一些话，是阿力和猴子不该听到的。

"杜组长，你看这件事会一直僵下来吗？"记者问。

"我看不会的。"杜组长肯定地说。

"你认为采取什么样的措施比较安全？"

"我们尽力就是。"

"杜组长，我们需要具体的回答。你要知道，我们祈山和圣森两家电视公司的摄影机都对着你，现在全国的人，都坐在电视机前等你的回答。"

杜组长听记者这么一说，先愣了一下，然后支支吾吾地说：

"这，这，这是这样的。这个啊，自从有了大厦以后，这个啊跳楼自杀的情形，也就这个增多起来。我们几年来，这个——，几年来有十多件跳楼自杀，这个啊，我们救过两条命……"

"杜组长，请你简单扼要地说。"

"好的！这个啊，一个是用云梯把他接下来，一个是张网接他。这个啊,张网就危险啰!有好几个没接到跌死的,有一个接到了,弹出去也跌死的,这个……"

"现在我们要怎么来保护他们两个?"记者问。

"这个我看嘛,云梯是不行的,我们现有的云梯只能到十四层楼。现在我们是在二十四层楼……"

"Camera！Take云梯！"记者很大声地喊着。然后又对组长问:"云梯不行,用网接吗?"

"尽量不要用网。这个嘛,我们慢慢找出他们想自杀的原因,然后嘛这个嘛帮助他们解决困难,叫他们不要自杀。"

"杜组长,那两个年轻人,刚才说他们不是想来自杀的啊!"报社的记者问。"

"呃!不能相信想自杀的人的话。以前就遇到这种情形。说不自杀的,结果一不提防,就跳下去了。嘿嘿嘿,这个啊,这个责任很大。"

"如果他们真的不自杀呢?"

"你怎么知道?"组长又说,"现在他们如果真的不自杀,我们也要把他们当成想自杀来处理啊,你说是不是?这个啊,才是人道啊,你说对不对?"他得意地看镜头。

他们不停地谈着。这些话阿力和猴子都听到了。当他们听到杜组长说用麻醉枪打也是一种办法的时候,两个人都吓坏了。

"请问你姓什么?"纪先生问猴子他们。

"刚才不是都问过了吗?"阿力烦不过地说。

"是,是,刚才你们都说得很详细,不过嘛现在是这样的,因为所有的人都很关心你们两位。所以透过电视再访问你们。请不要生气。"

"我们上电视啦?"猴子说。他有点惊喜。

"这下我们可成名了。"阿力说,"猴子,谁说我们不能成名。"阿力的内心也令自己感到有点莫名其妙的感觉。至少他觉得爱说话了。

"你们来祈山市有多久了?"猴子问。

"猴子,刚才都是你说,现在该由我来回答他吧。"

"好啊!"猴子自己也觉得有了变化,"阿力,我觉得上电视,叫我们禁不住爱讲话了。"

"我也觉得爱讲话了。"

"我看你。"

"又能怎么样?"阿力说。

"喂！两位金先生，你们还没回答我的话。"扩音机的声音说。

"什么问题？尽管问吧！"阿力回答。

"你们来祈山市几年了？"

"两年又七个月。"

"你记得很清楚嘛。"扩音机又问，"这两年七个月你们做什么？"

阿力正想回答的时候，从扩音机听到背后的访问。

"我还是看不出他们两个有自杀的念头。"有一个记者问。

"我也有这种感觉。"另一个人说。

"你们不要看他们嘻嘻哈哈，这种意图自杀的人，表示已经下定决心了。"杜组长说。

由于扩音机对准他们两个，所以背后的访问，虽然声音不大，阿力和猴子还是勉强可以听到。至于阳台上面的人，即使听到一点点，他们还以为是直接听到的。因此他们根本就不会想到，访问的谈话也给阿力他们听到了。

"嗯？这两年又七个月，你们做什么？"

"我们两个一直一块儿当油漆匠。"阿力回答。他很想听背后访问的那些话。

"不坏嘛。你们两个一定粉刷了不少房子。"

"你明知道,还故意这样问。"阿力有点气恼。他觉得背后访问的话似乎对他很重要,可以听到一些秘密。"告诉你说我们是画广告的,举个例子说明,像车站前的那些大幅广告都是。"他显得有些不耐烦。

"像白露油、玫瑰肥皂、冰箱那些都是很好的作品呀!"扩音机的声音又赞美着说,"那你们是艺术家啊!"

"好吧,随你爱怎么说就怎么说吧。"

"实在是不错的工作。有好多艺术家的作品,一直都没人注意。你们的作品,一天就有多少人看哪!"

他们又听到漏出来的访问。

"……当然办法还是有的。比如送东西给他们吃。"杜组长回答记者说,"而那东西里面包安眠药之类的东西……"杜组长的话又给扩音机盖住了。

"我相信现在已经有很多人,都知道车站前那些很美的广告,是你们画的了。"扩音机说。

"……我们记者来访问他?"记者向杜组长提出要求。

"这一点请原谅。我们和他们聊天是有原则的,绝不能激动他们,要叫他们冷静为原则……"

阿力听到扩音机背后的访问,他叫起来了:

"我们要和记者先生讲话。"

阳台那里马上起了一阵骚动。

"好的,请你们再回答我几个问题,我再请记者先生和你们谈话。"姓纪的透过扩音机说。

"不!我们现在就要和他们谈。"猴子说。

杜组长带着记者离开扩音机的麦克风远一点的地方,谈了一阵。最后一个记者接过纪先生手里的麦克风说:

"我是圣森电视台的记者,潘明。"

"潘记者,你当记者几年了?"猴子问。阿力对猴子的问题觉得惊奇。他睁大眼睛望着猴子。阳台这边的人也惊奇了一下。

"没多久,两年多一点。"

"这两年之间,你采访过什么特出的新闻没有?"

"嗯——"潘记者想了一想,旁边有人教他说"有",也有人教他说"没有"。

猴子有点不高兴地问:"有没有?"

"没有！"

"那么你今天可以采访到了是不是？"

杜组长看到潘记者反而被访问得不知怎么回答才好的时候，他马上接过麦克风，其实有点带抢。他说：

"我们不要谈这些，谈谈别的好不好？"

"不！我要和潘记者谈谈。"

潘记者很不愉快地拿回麦克风，姓杜的还在旁边教他说："说这不算什么特出的新闻。"

潘记者一时没能考虑，回答说："不。这不算什么大新闻。"

"我明白。我跳下去才是大新闻。"猴子对阿力说，"阿力，他们很失望。你知道？"

阿力对猴子的话也感到莫名其妙，同时感到什么令他不安。这时候阳台那边有一阵争吵。

"……到底是记者在访问当事人？还是当事人来访问记者？"杜组长焦灼地说，"你要不要负这个责任？我可负不起。"

"猴子，你现在想什么？"阿力问。

"我也不清楚。我觉得脑子里乱七八糟。一会儿想这一会儿想那。"

"我也是。"

"我大伯家不知道买了电视机没有。"猴子沉思着,"我看他才买不起。他是一个赌鬼。"

"但是别人家有啊!"

"记得你家里也没有。他们都会跑到别人家去看。"

"多么糟糕!不该让我母亲看到的。"阿力说。

"他们一定看到了。"

阳台这边又说话了。

"你们到底有什么困难?"杜组长说。

"困难?困难可多呢!"猴子回道,转过头又问阿力:"阿力,你有没有困难?"

阿力已经给母亲的问题困住了。他忧伤得没能说话。

"有困难尽量说出来,我们一定帮忙。"杜组长说。

猴子看到阿力沮丧的样子,刚才的活气也消失了。他懒懒地说:

"说了也没有用。"

"说说看啊。"

"搭上贼船了。"说出来之后，连猴子自己也弄糊涂了。不知怎么，就这样从嘴里溜出来。

"这怎么说？你说清楚，我们一定可以保护你们。"

"你问阿力，他说的。"猴子觉得有些厌倦。

"阿力，请你告诉我们，你们说的搭上贼船是指什么事情？"

阿力没有回答杜组长的话。他想母亲可能在电视中看到他所发生的一切，随杜组长怎么问他都不回答。

阳台这边开始有点紧张。

"旺根兄，那么说你的好不好？"

"不是说了？搭上贼船。"

"好！你能不能告诉我们，你们一个月赚多少钱？"

"猴子！不要说！"阿力突然叫了起来。猴子看着那么紧张的阿力，把话吞了下去。

杜组长的背后有人说："谈到问题的核心了，最好能叫他们把苦水吐出来。"

"三千块有没有？"

他们缄默着。

"两千块？或是多少？"

"不要你问这个！"阿力嚷着。他显得激动。

"好！我们再谈谈别的。"

"什么都不要谈！"阿力说。

整个气氛一时都被阿力弄僵了。猴子也不知道做什么好。有几次想问阿力都放弃了。记者的镁光灯不停地闪亮着。高处的风呼呼地叫。大概是实况报道的记者的声音："First, Soom in Zoom in."①空气突然变得沉闷，紧张的压力，逐渐地升高。每个人都感到有点透不过气来。阿力开始泣出声音，从他那痛苦的抽噎中，可知道他无法抑制。摄影记者纷纷挤到边缘来。猴子喃喃自语，没有人知道他说什么。

"阿力……"

"不要管——"杜组长刚开始想说话来打破这可怕的局面，没想到阿力却狂嚷起来。他站起身来，目瞪着阳台这边，抑不住悲恸，由泣而变成哭。猴子的喃喃自语，已经可听到他重复地说："我不管，我要下去，我要下去，我要下去……"他一边说，一边站起来，

---

① 大意为："首先，快速放大镜头。"

手攀住铁框,他想刚才是怎么爬上来就让现在跟着怎么下去。阿力知道他要下去。猴子把右腿曲起来。扩音机像爆起来似地嘶叫着:"旺根——旺根——……"记者的镁光灯一闪一闪把四周照得通亮。猴子用手遮着强光。杜组长拼命嘶叫。猴子突然放开手站在框边,底下看不到的上万群众,同时"啊——"地轰叫了震撼巨墙的声音,没想到猴子竟倒栽下去了。差不多在同一瞬间,阿力惊叫了一声缩回灯罩,缩得像在母胎的胎儿,细声咻咻地哀鸣起来。高处似乎听不见原先刮风的声音,阳台上轰隆呼喝的声音高涨,但是电视台的记者,"Camera！Camera！Camera……"尖叫的声音却真正地响彻云霄。

原载一九七一年一月《文学双月刊》第一期

小寡妇

美国的亚洲外交为什么失败？
因为美国人不懂什么叫作入乡随俗！
"如果你想懂什么叫作入乡随俗的话，请你到锦西街，来问问我们的小寡妇就知道。"

一九六八年

　　一九六八年，美国总统约翰逊，叫驻越美军的人员创了最高纪录，高达五十多万人的时候，台湾也被增列为驻越美军远东区的另一个休假中心。有一度萎缩萧条的酒吧业，这时候，突然像见了阳光，一下子又蓬勃了起来。原来在台北、基隆、台中、高雄等地方的酒吧，纷纷重振起来不算，连偏远地方不曾有过酒吧的花莲，也增加了新行业。他们把原有的公共茶室的门面稍做整修，外头装个霓虹灯的洋文招牌，让它眼睛似的一眨一眨，也就变成酒吧了。茶娘随着摇身一变，也变成吧女。这到底是升级呢？或是怎么的？这些准吧女的茶娘自己也弄不清。反正在她们的心里面，每个人都有说不出的一股新鲜的兴奋支撑着。这一股兴奋，岂止是酒吧老板肯慷慨借钱；身份证扣在他那儿，老板不必担心被挖角，小姐什么保都不要，要两万三万治装费绝不成问题；安家费也可以商量。还有她们的化妆品也大大地复杂起来了。以前用不着的眼膏、假睫毛，所有浓妆的化妆品都得齐备。所以每个人都要有一只像歌星提着的化妆箱了。想象中好多连着即将发生的变化，都令她们莫名地兴奋起来。

"要赚钱苦没机会。现在喏，机会来了。要赚，赚美国仔才快。"黄老板总是不厌其烦地向准吧女打气："安娜，你的头发染红一定很出色。"说完了之后望着叫安娜的小姐发愣了一下，然后啼笑不得地叫起来，"秀玉啊！你忘了你叫安娜吗？"

安娜茫然地注视老板，马上又跟着大家笑起来。

"你们不要笑。你们是不是都记牢了你们的洋名字？要记住啊！要记住啊！我提醒你们，你们现在不再是茶店仔查某了。现在是扒哥儿吧女啦！"他还特别用洋文说吧女再做翻译。

小姐们显得很乐，尤其是裘丽一开始就笑个没完。

"来，你笑得那么开心，我来考考你。你的花名叫什么？"这么一问裘丽更觉得爱笑，黄老板带着几分认真说，"真的，我不是开玩笑。你到底知不知道你叫什么？"

"朱丽啦！怎么会不知道。"裘丽说完了又笑。大家也笑。

"哟，哟！不要太自信了哟。你看我……"黄老板指着自己的口形说，"裘，裘，不是朱。裘，裘——丽——就是这样。你说说看。"

裘丽还笑个没完。在旁的小姐反而感兴趣，努力地控制着自己的唇舌，学"裘"的发音。但是一发出来，还是"朱"的音。

"你也朱，朱。统统都是猪！看我的嘴。哪，裘——裘丽。"他等大家笑定说："裘丽，你说说看。"

裘丽勉强忍住了笑声，正想开口试说看看，但是意识到笑声在前，马上又憋了一下，而急急忙忙地说："朱丽——"说完了就笑个没完。

"真三八①。好了好了，像你这么三八的就叫朱丽好了，不要叫裘丽。"

小姐们嘻嘻哈哈笑得很乐。黄老板也很乐。他很清楚自己控制了整个气氛，甚至于他从玛莉的眼神，看到

---

① 三八：闽南方言中骂人的话，意思是指那些不正经或者行为、语言等方面不符合礼仪、道德规范的人。

他被偷偷地喜欢了。他心里想，明天离开花莲之前，跟她约个会。所以他故意说：

"嘿！玛莉的眼睛不知道要迷死多少个美国兵呢！"

玛莉心里很高兴。一时职业性的那一套泰然功夫一失，表情也显得受窘害臊。

黄老板暗暗自喜，赶快转移目标，接着说：

"约瑟芬，你不是说要隆鼻子吗？"

约瑟芬赶快用一只手把鼻子捂起来，因而带着浓重鼻音的笑声，并不低于旁边的笑声。其实约瑟芬的鼻子，长得比谁都挺而且直，所以大家都叫她啄鼻仔。

"我是说着玩的，看你知不知道你自己的洋名字。"黄老板说着同时口气转认真地说，"我们下个星期一就开幕。我在这里的时间只有三天，明天回台北，然后又要到高雄。在台中我可能再跟人合开一家。一个人要经营四家酒吧，你们想想有多忙。所以你们有什么问题要我解决的，希望现在就提出来。我明天上午八点的飞机回台北。"

"我有点害怕，"克丽斯丁脸露难色说，"我一句美国话都不会说。"她还是不能相信，不会说英文还可以赚美国兵的钱。

"其实你们都知道的,难道只有嘴巴才会说话吗?并且没有人叫你用嘴巴说话啊!又不是叫你当律师,或是竞选议员。"黄老板说,"在花莲我的做法是,假定你会说美国话,也给我装成不会说好了。台中有一个酒吧,里面的一个吧女是哑巴,结果她人缘最好,赚钱也比别人多。我不是叫你们去扮哑巴,你们不知道,你们越不会说美国话,美国兵越喜欢你。这样才有异国的情调。"他一面说,一面笑着伸着手搂搂在旁跟他站在一边的玛瑞跟大家说:"玛瑞大姐以前也是一句也不懂,开始的时候什么都点头OK。现在她的英语会话程度,都可以当中学的英语老师。有些她懂的,相信高中的老师也不懂哪。这次我特别从台北调她来这里当你们经理。"

小姐们羡慕地看着玛瑞,并且有人小声地在谈着什么,黄老板虽然没完全听清楚什么,但是他直觉地猜到她们所谈的问题。他很轻松而用爽朗的声音说:"你们尽管放心好了。上帝替我们设计的东西,是国际最通用的,没那么容易坏。"他嘿嘿地笑了笑,让搂着玛瑞的右手滑了下来,清脆地拍了一下玛瑞的臀部。"你们又不是碰美国兵的头一个人,死不了,并且美国兵真的不算什么,你们问玛瑞大姐好了。你说是不是,玛瑞?"他望着玛瑞得意地笑起来。

"这些还有谁比你这猪哥更懂?"玛瑞笑着把他不甚规矩的手甩开。

"玛瑞——!"他很显然不愿意让花莲的这些小姐知道他的外号。他无可奈何地看了一下玛瑞。

"谁不知道你是猪哥?现在不知道以后也会知道。"玛瑞说着屁股一扭,很巧妙地闪开即将落在臀部的亲善的手。

他报复地笑着对小姐们说:

"玛瑞大姐除了教你们怎么浓妆,还要教你们一套叫作'两三下就清洁溜溜'的真功夫呢!"

"叫你这个猪哥'两三下就清洁溜溜'好了。"玛瑞说着,还拉着他。

"我不干,我不干。"黄老板戏谑道。

就这样大家笑在一起,显得十分融洽和乐。

干这种职业的小姐,虽然没听说过这个新词,但是对跟自己职业有关的双关语,直觉的领悟力特别强。所以,她们一边觉得"猪哥"黄老板邪恶得可爱,而溢发着激赏的笑声；并且心底里急切地渴望着，玛瑞大姐能赶快授给她们那一套"两三下就清洁溜溜"的真功夫。因为她们知道，只有这样才能减少受苦的时间。

高阶层会议

黄老板赶回台北，接受了老马一个晚上的建议，马上召集了几个股东，为了避免电话和有人找，他们在统一饭店开了一个房间，集中精神开起会来了。

首先黄总经理向股东介绍老同学说："马先生马善行是我中学的同学，他大学毕业后到美国读市场学和旅馆经营，并且在美国有四五年的实际工作经验。前些天偶然的机会碰到，后来我们一聊，聊到我们的酒吧业。我听到他对酒吧业的看法和经营的构想，真叫我嫉妒他。"他对身边的老马笑笑又说："我很怕我把马先生介绍给各位后，我这个总经理的位置也被搬走了。"大家都笑起来了。停了一下，他接着说："不管怎么样，我还是很愿意把马先生介绍给各位认识认识。"

马善行不慌不忙,把才点着的KENT香烟揉熄,同时半开着嘴,让烟袅袅地溜出来。这虽然是十多秒的时间,但是在一个人能给陌生人产生深刻的第一个印象而言,却是一段很足够的时间,也因为他一开始就刻意要这么做。当马善行自觉得给人的印象成熟的时候,很连贯而自然地把半张着的嘴巴一合拢,深深地吐一口气,剩余在口腔里的烟,就从鼻孔喷了出来,在这同时把沉思状的眉头展开,抬眼望着大家说话。

"对不起。请各位容我不做客套。我觉得酒吧生意是一件大有可为的生意,但是是很时机性的生意,尤其是我们这里。"他停下来点香烟。这时候马达母②谢,轻轻地跟马达母陈耳语,想告诉她这人鼻音很重,难怪刚刚才看到他喷烟时是一只鼻孔出气。但是马达母谢才把嘴凑过去,马善行烟点着,又单孔喷烟开始说话。他心里很自负,他想他开头的几句话,已经镇住了他们,甚至于他们已经交头接耳,说着的也是对他的赞美吧。马达母谢装着无意地干咳了一两下,不然又看到他单孔喷烟,险些就笑出来。

---

② 马达母:即英语 Madame 的音译,词为"女士""夫人"之意。

马善行又说:"当然,现在就是最好的时机。但是我们怎么样来把握时机,这才是我们的关键问题。"他停下来弹弹烟灰。"如果我们今天仍旧把露西酒吧,照过去的方式经营下去的话,这只算是应时机,不能算是把握时机。"

就在马善行稍做停顿的时候,马达母陈把头凑近马达母谢,想听听她刚才想说的什么。但是马达母谢已被他的话所动,不再觉得他的鼻音跟单孔出气是一回事了。她小声地说:"没有。"

"我们要把握时机,就得先了解来这里度假的美国兵的心理。在美国本土,一般人反越战反得很厉害。到今年可以说是反战最高潮的一年了。因为这样,在越南战场上的美国士兵,大部分士气都很低,所以他们心里很空虚。心理一空虚,一有钱,一有机会,就比平时更想花天酒地。他们得到休假,随便到哪里就是上酒吧,找女人喝酒。"他停下来把长长的一根烟,没吸上三口,又把它揉熄在烟灰缸里。

几个股东一直都认真地听着他讲,但是可能是因为一开始期望过高,听到这里,觉得有点失望。黄总经理心里有点急,正想用问题问老马,而由他的回答切入正题的核心的时候，马善行又开口说：

"事实上，这些老美上我们的露西酒吧，好姑娘坏姑娘对他们都一样。如果我们就这样分摊老美走上来的机会，那根本就谈不上经营。"他向老同学笑笑，点个头说，"我这么说，请老黄原谅。"

"没关系，我们老朋友还客气什么。"他把握机会要老马赶快切入正题去谈。所以他问，"你说我们应该怎么做呢？怎么经营法？"

"我们要主动地把老美吸过来。"说着话的同时，马善行伸手把前面的烟灰缸拿近自己，然后再把它放回原来的地方。"空虚的心灵最需要人的安慰了。我的意思是要让老美来到我们的酒吧以后，能得到在别的酒吧所没有的安慰。"

"所以我们要怎么做呢？"黄总经理逼着问。

"这要看你们的魄力。我的意思是要把你们过去的经营方式，完全推翻掉，重新做起。"他又拿起一根烟，但没点，继续说，"把酒吧的吧台去掉，把沙发去掉……"

几个股东莫名其妙地互相看了看，再看看黄总经理。好像是说：你这位朋友怎么了？老黄心里虽然有点急,但是他相信他们很快就会服的。他有意避开股东的目光,让老马说下去。

"……露西这个名字也不要。"老马加强了语气说。

"马先生,你不是叫我们改行吧?"姓林的股东,禁不住苦笑着说。

"开玩笑!"他有点不悦,"叫你们改行我来干什么?"

"那么,酒吧没有吧台没有沙发,那还算什么酒吧呢?"林显得有点啼笑皆非的样子,"再说……"

"林先生,我还没说完呢。"

"是,是!我们让他说下去。"黄总经理觉得老马接着就要谈到重点了。

老马把手上的香烟叼在嘴上,有意吊人家的胃口,慢慢地打火点烟。

"是这样的,我今天带来的建议,是要你们的酒吧变成闻名世界独一无二的酒吧。钱也要赚得比以前的方式更多。"他反而把语气放得很低,好像在抗议大家对他觉得不耐,对他没有信心。

但是,他的最后的一句话,即使令人半信半疑,多少还因为赚钱两个字,而振奋了他们的心。

刚才要来的五杯咖啡上来了。黄总经理忙着把咖啡分开,还想替马善行加方糖。"No!No!我喝black③,谢谢。"他端起咖啡闻了一下就放回去。"我在怀疑,我这么认真想把我的构想说出来……"他突然机警地把自己接着要说出来的话,阻在喉头。他觉得如果接着说下去,对他有什么好处?一定会叫人失望和误会。单单自己那么想了一下,连自己都要误会自己起来。所以他慌忙地,几乎是对自己说:"No!No!我的意思是……"他看了看大家,想到他多少没被看成专家,或是他们不懂得怎么去听专家讲话的态度,而懊恼着。"我的意思是,我的构想虽然是前些日子定案的构想,但是当我在向别人重述构想的时候,也像一个新的思路在进展,很怕中途有人打岔。"

"我知道你的意思。我知道你的意思。"黄总转向股东们,说,"就让他说完。我知道接着就是精彩的地方。"

"很抱歉,是我不对,我有不喜欢人打岔的坏毛

---

③ 原意为黑色,这里是指黑咖啡,不加任何调料的咖啡。

病。请林先生原谅。我纯粹是兴趣的,不然我跟你们谈条件了,是不是?"他把长长的烟灰弹掉,吸了一口烟。

大家互相望了望,真的被马善行的神态慑住似的,连咖啡都不敢碰。

"哪一国的人都一样,好奇,好新奇。拿酒吧来说,这对美国人,对美国大兵已不算是新奇了。只是他们在这样的时候,这样的地方,这么无聊的心情之下,他们自然而然就是找酒,找女人。假如我们经营的酒吧,有酒、有女人那当然,再有新奇感的话,在同业之间,我们就算是赢定了。"马善行看了看在座的人,虽然他们听话的神情,尚不够恭敬地衬出他为专家,但距离也不远。他一向期望他的话是叫人倾听的,这下总算稍满意了。

"刚才我提到把'露西酒吧'这个名去掉,倒不是嫌它不好。其实把露西调换'蒙娜',换'Play Boy',换'OK'都一样。我们根本就不用这些。我们就用我们的中文,叫'小寡妇'。"

听到这里,他们一致地显出疑惑不解的样子。他们互相望了望,大家好像意识到这样可能又会引起马先生的不悦，林低下头抓抓后脑勺，两位女士视线碰在一起，马达母谢竟禁不住想笑。这时她心一虚，自个儿也不知怎的，以插嘴取代冒犯的笑声问："你说是死了丈夫的寡妇？"说完了，才担心她的插嘴是否又会引起不高兴。但话已说出，只有窘窘的份。

"是啊，就是死了丈夫的寡妇。"马有点兴奋地说，"我说我们就是小寡妇！"他得意地笑着。

"小寡妇？"看了马先生解除了严肃，马达母谢自然地叫了起来。

"对！就是小寡妇。"黄总经理也兴奋地不等马先生回答，他笑着说。因为这个构想，他已在前天听过了，并且十分佩服。

马善行有意让他们去活动活动此时被引起的欲知动机。这动机是兴趣，是好奇，可以说是很复杂的心理。他说："对不起，我去找洗手间。"说着就离去。

"喂！我还是不了解你这位朋友的意思。"林一边目送马的背影，一边问。

"很有意思的，"总经理笑着说，"你们再听他说下去就知道。"

"他到底对我们这里的情形了解多少？对酒吧这

一门了解多少？并且我们这里的酒吧，跟美国和日本的也不一样。我怕他满腔热忱，说的只是理想。我实在很……"

"嘘——"林的话叫黄的嘘声警告打了住。黄说："声音轻一点，不要让他听到。这个人很怪，因为怪所以特别有些怪招。我前天听他说的时候，开始也跟你一样，一直怀疑，但是耐着听下去，你自然就会佩服他的见解和构想。"

"猪哥，我们是相信你才来的。"马达母陈说。

"不会错的。"

"他刚说'小寡妇'是什么意思？"马达母谢问。

"这个很妙。我们的新战术就是用这个招牌打先锋。"黄想起来禁不住地自己笑。

"实在太妙了！太妙了！"

原来他们乘马善行走开，想向黄问个清楚，没想到他的回答，反而叫他们糊涂。

"猪哥，你跟他是同一个葫芦里抓药。你说'小寡妇'是我们的招牌，那么英文怎么说？"陈问。

"英文当然要。但不是挺重要。"他听到敲门，小声地说，"他来了。"然后若无其事地说："花莲那里都准备好了。星期一可以开幕。"

"花莲的经营方式照原来吗？"林问。

"如果台北这里的经营方式，能够按马先生的构想做，花莲还是照旧。这一点我跟马先生也谈过了。"

马善行慢慢地坐下来，心里有点不高兴地说：

"怎么？你都告诉他们了？"

"没有。我们在谈花莲的事。"黄赶快辩解，并且笑着说，"小寡妇的事，只有你来说才能说得完全。"

几个股东看平时也颇为自负的黄总经理，今天在马善行面前过分谦卑的样子，心里觉得有些怪。但是反过来想，马善行必然自有一套，不然总经理岂能慑服得这般？经这么一想，马善行在他们的面前，又令他们觉得是权威的。他们的神情都一致地在等待马善行开口。

"你们想想看，"马善行笑着说，"小寡妇，这是多么Charming的名词？尤其对一个想找个女人安慰的美国大兵来说，小寡妇更具有魅力。再说，这个小寡妇，又不是美国的小寡妇，而是中国的小寡妇。这，这……"他自己乐得禁不住笑着说，"你们二位女士可能还不能领会，但是我相信，我们三位男士都会觉得，这是很有挑逗性，很有诱惑性的。你们说是不是？"

一直抱着怀疑的态度的林，也露着笑容点头，两位马达母听了乐着那种笑态，似乎比男人更能了解"小寡妇"对美国大兵的魅力。她们两个都是干上十年左右的吧女出身，抓美国大兵的痒处，她们是专家。这些黄总经理事先都告诉马善行了。所以看到她们两个听了他的话，能有这样近乎佩服的笑态发生，很叫他更具信心起来。

"对美国大兵来说，又是中小学姐，又是寡妇。异国情调，再加上偷情的感觉，不迷死他们美国大兵才怪！"

"会！会！这些美国孩子我很清楚。"马达母谢附和着说。

"我也相信。但是单单要靠招牌换个'小寡妇'这个名字，就想叫人着迷……"

林还没说完，马善行就抢说："别急，别急。"他似乎已不在意有人插嘴的事了。只要大家跟他一样热衷就行了。"那当然！我们不但招牌是'小寡妇'，我们的小姐也是小寡妇啊！是中国人的小寡妇。"

黄总经理看他们还不能了解，急着就说：

"善行兄，你就说下去吧！我知道他们急着想知道。"

"我看你比他们更急。"

大家都笑起来。马善行也跟着笑了笑,然后运功似的喝了一口咖啡,很冷静地开始说:

"大原则是,我们用中国式的东西,来吸引外国人。那么细节上,我们可分成很多部分来谈。比如说招牌,我们的小寡妇吧女;这里面还可分成她们的应对,她们的服装,她们的化妆。再来就是门面和室内的装潢。还有很多很多,只要你们有耐心,我都会谈到。

"小寡妇三个字是很大的中国字写的,他们不懂没关系,越不懂越神秘,越神秘越令人好奇,美国人没什么文化,所以对中国特别好奇。不过在招牌底下的霓虹灯,我们还是会弄个Little Widow的小英文字……

"广告是一件很重要的工作,尤其是对美国人,他们从小就被广告养大的。说到广告我知道你们有点紧张。我们广告不一定很花钱,跟我们过去露西酒吧在 *China Post*[4] 上面登广告一样,可能开始次数要多一点,一出了名,以后也用不着花钱,乐于此道的美国大兵,

---

[4] 《英文中国邮报》。

自然就发生Mouth Communication，口传口，义务替我们宣传，说不定还会得到*Time*杂志或是*News Week*的免费Publicity。北投有一家Literary Inn，小姐跟美国人陪浴的消息，图文并茂地刊在*Time*杂志，一时真的轰动武林，惊动万教起来，之后接了不少美国人的生意。"他抽了一口烟，又说："我说倒了。对不起。我没有把广告内容先说出来，就先说广告的效果。真对不起。"他笑了笑。

大家喘了一口气。黄总经理说：

"他们的英语虽然不错，但是你说的一些广告上的专有名词，我们不懂。"

"对不起，我在美国说惯了英文，跟我们中国人说话，常常会夹杂几句英文。我一直跟自己提醒。还会吗?!"

"一般的会话我们都可以，专门的就不行。"黄说。

"OK！I see，我尽力注意好了。"他得意地说，"喏！我广告内容都想好了。"他从袋子里摸出一本小本子。翻了翻，摊在自己面前看了看。"我想的广告是这样的，Catch Phrase，呃！对不起，Catch Phrase就是

Head Line。呃！不行！"他看了看大家，"这怎么说好呢？"

"是不是大标题？"黄总经理说。

"对了！大标题。"他笑着接着说，"我们登在China Post的大标题是：**美国的亚洲外交为什么失败？**

Sub-catch， Sub-catch应该是副标题吧，对！副标题。我们的副标题接着就是：

因为美国人不懂什么叫作入乡随俗！

再来接着Body Copy，嗯，Body Copy就是，就是，不管了，就是下面的小字。这些字说：

"如果你想懂得什么叫作入乡随俗的话，请你们到锦西街，来问问我们的小寡妇便知道。"

他看看大家，收获赞美他的目光和笑容，然后继续问："你们都能了解这个意思了？"

"真绝了！"林开始对马善行具有信心地赞美着。

"等一等，还没完呢！"黄总经理说，"精彩还在后头。善行兄，请继续吧！"

"这样的广告就怕美国大兵没看，看了包他们上钩。"看到一直采取不信任的态度的林也这么兴奋起来，马善行也自觉得他的话，很可以琅琅上路了。

他说：

"这个问题我都想到了。我们的广告虽然刊登在英文的刊物上，但是我们用的不是英文。我们有时西班牙文，有时德文，有时法文，或是意大利文。因为美国的军官，他们在学校时都选修一门外文。一定有人看得懂。这么一来，英文刊物上登的不是英文，特别醒他们的眼。他们会奇怪，一觉得奇怪就上钩了。还有我们'小寡妇'三个字，还是大大地用我们中国字。久而久之，他们也会懂。"

两位女士心服地在私底下不知碰头在说些什么？不过马善行已从马达母谢的眼神里，看到他被崇拜着，甚至于有几分把握，可以跟她约会。这么一想，他自然随着内在的意思，打量着对方，视线很快地随着起伏的曲线，溜转了一下。当然，马达母谢是知道的，她吐了一口烟，就半张着嘴，不想合拢下来。

会开到此，可以说大家真正的一致，让马善行带上路了，这么一来，马善行也不在意人家听他说话的态度了。另方面，他们也自然而然，从心底里奉他为专家和权威。到这样的情形，怎么样都显得自然。

"马先生，你这一招可有好戏上台。"林说。

嘿嘿嘿，马善行笑着说：

"这还不算什么。这只是我们的先锋战术，后头才重要。输赢都看后头的。不知道你们怎么想，我是把这件事情，当着另一种越战来打呢！"

"另一种越战？妙！真妙！这个比喻真妙！"黄附和着说，"另一种越战！"

旁人的笑脸，一直都在表示赞赏。

"我说的把这件事，当着另一种越战打。这可不是像总经理说的，说成一种比喻。"他向黄笑着说，"对不起。我说的把这件事当着另一种越战。这是我对这件事的Concept。也希望能成为你们想做这件事的Concept。"他一下子看到大家不懂笑不大紧，还露出茫然的样子，赶快又笑着说："对不起，对不起。Concept，Concept怎么讲好呢？查字典不行，"有点自语似的，"不是哲学的概念。噢！"他兴奋了起来，"有了，我们就说是看法，想法了，我说的Concept在这里的意思，就是看法想法，这样可以通吧。"

看大家都在点头，他也松了一口气。看两位马达母又碰头窃笑私语。他笑着问："你们说什么？"

"没有啦。"马达母谢嘻嘻地笑了一下说，"本来我们好像懂了，但是你说出了英文，又解释，突然又叫我们不懂。后来，后来你又说，这是看法和想法的意思，我们又懂了。并且觉得我们一开始就知道了，嘻嘻嘻。"说完了，又嘻嘻地笑个没完，还顺手推了马达母陈一把。

"哈哈哈，啊哈哈哈……"马善行第一次笑得这么开心，"马达母谢说对了，完全说对了。这就是我们读书人的悲哀，好像我们的学问，就是在把事情简单复杂化，把复杂简单化。"说完了又顺着笑下去。

他的笑声和说的话，尤其是话，叫马达母谢赶紧收敛笑而端正起来。她只是不想说什么，但是他既然问她说些什么？她也不知为什么，也不知说什么好，就把跟马达母陈说的话说了出来。哪知道竟叫他说出什么读书人的悲哀这种话来。她心里急着暗地里说：我可没这个意思，我可没这个意思。

其他人看马善行这样，也有摸不着脑袋的感觉。随着他笑嘛，好像在他的面前表示所见类同。但是他心里面想的又是什么谁知道？林就非常小心。

"不过，做任何事情，有一套方法是重要的。"马善行像在护卫什么似的说，"对一件事先有Concept之后，才能定出Policy，然后去实行。"

他们一边看他点烟，一边心里想，这一次怎么说了英文不做解释呢？是不是生气了？

马达母谢的心里另有疑难！她想不通为什么先有Concept才能定出Police，要警察做什么？心里这么想想也罢了。

"我们这种行业，被叫作特种行业，我觉得叫得好。"马善行吐着烟放松地说。他看到在座的几个，都脸露难色。他说："我不是在嘲笑诸位，也不是为了我想参加这门行列，抬高我们这一行的行格，来抬高我们自己。"他停了一停，"这是事实。酒吧这一门比什么都特别，时机特别，顾客特别，经营方法特别，种种特别，所以经营者也是比一般人特别，这才是特种营业的意思。"

由于马善行的离题，使听讲人的兴趣泄了气。但是他不管三七二十一，想到的话，没说完全就不痛快。"你们得先特别看重自己，不但没有什么叫你们在三百六十行里面抬不起头来，还要抬得比别行的人更高。只有这样，才会干得有声有色。我们干的不是王八乌龟生意，我们是有执照的，是合法的，跟私娼不同，所以我们绝对不是乌龟！但是，很多人干了这一行，就认为是乌龟。要这样自己作践自己，有什么办法呢？是不是？"马笑了笑。

他们也笑了笑，但是每个人的脸皮，多少都有点发烫，只是程度不同而已。因为过去社会认为他们是乌龟，而他们也一直看在赚钱的份上默认下来。现在听马善行这么为这一行装修门面贴金，心里的感觉是糅杂的；一边为过去的观念害臊，一边为接受的新观念兴奋，然而看重自己何尝不干？这不是自己愿不愿意的问题，社会上的看法是如此的啊。不管马达母谢显得兴奋强于害臊，她觉得很清楚地站在过去与未来的分水岭上。对乌龟她自有一番解释。她说：

"没钱最乌龟了。有钱的乌龟还可以坐飞机赶路。"

她这么一说，马善行也不知怎么接，看看大家有一点替马达母谢的离谱为难时，他也只好避开不谈，说自己的。他说：

"我不是说留学有多了不起。但是像我留过学的，又看重酒吧这一行，并且想直接参加经营。你们说有没有？"他觉得他的话有一点操之过急，马上改换个口气,"对不起。我说的想直接参加经营的意思,只是表示我的心意,你们要不要我无所谓。今天我纯粹是为了跟黄总经理是同学关系,提出一点构想罢了。真的首先自己得先看重自己,看重自己的行业才行。"

"敬业。"黄说。

"对了,就是敬业。"

"善行兄!我想我们接着谈谈经营方式好吗?"

"当然要谈。但是心理上的基础得打好。"

"我想我们不至于把自己当乌龟吧。"黄说了不住笑起来,其他人也笑了。"尤其听了你的话之后,更不会那么想了。"黄说完又对着同事问:"你们说是不是?"

"反正心理建设不是一天两天的事,没关系,你们经常提醒自己就行了。到此我先给你们做个整理,然后再谈下去。第一,要认清自己是真正的特种营业的特殊人才,不是王八乌龟……"

大家扑哧地笑出来。

"真的,没什么好笑。大家务必牢记在心。"马善行认真地说,"第二,把这个时期的酒吧经营,当着另一种越战打。"

大家又笑。

"是打战啊！打战是好笑的事吗？"大家更禁不住笑。而他实际上也是要他们笑。

"我们一定要用严肃的态度面对。好，这些你们都能够了解，我们马上就接下去谈下一个步骤。"

无论如何，马善行的这一套言词，管他对不对，在他们的经验来说，可以说完全是新鲜的，也是雄辩的，真正想插嘴扮个对立的立场都没有余地。他们一味跟着走。尤其到后来，只有乘在马善行的"口若悬河"的翅膀上，任凭它去飞翔了。

马善行说：

"我们的小姐们，完全是清一色，像清宫秘史里面的打扮，当然，民国初期也可以，完全是中国的打扮就行了。这种打扮化妆小姐不会，我们可以请电视公司的化妆师兼差，里面的奶罩之类管不了……"

马善行说：

"门面也是中国的，里面的装潢也一样。这个很简单，叫拍电影的搭景工搭一搭，贴一贴就行了。里面的摆设是茶几和屏风……"

马善行说：

"最近国泰建设盖了不少大厦公寓，贷款额百分之六十，时间是十五年，这个可以考虑买一栋，这是一举两得；从长远看，是房地产生意置产投资。马上派上用场的是，分给小姐住。然后叫小姐劝美国大兵不要住饭店，只要住进我们的房子，照饭店收钱，说不定还要得更多。每个房子每期的分期付款，靠这收入绰绰有余的。这令有办法……"

马善行说：

"有公寓当着小姐的家，还可以向留客的美国大兵套购PX里面的烟酒出来。还可以特约二三十部出租车，载送小姐和客人出门，甚至于环岛旅行。我们还可以向出租车拿Commission……"

马善行说：

"贝啦吧啦贝啦……"

一二一、一二一

经过马善行"贝啦吧啦贝啦"口若悬河一番之后，

在座的人终于决定一切照办。马善行被聘为"小寡妇"的经理，月薪四万台币。马善行说：

"四万台币显得蓬松，用美金计算好了。给我一千美金不是方便一点？"

黄总经理的职位不变，兼管台中、高雄、花莲三个地方的西式酒吧，台北的"小寡妇"放手给他的同学。

马达母谢和陈，留在"小寡妇"招呼美国大兵。

"小寡妇"的门面和里边的装修，预定两个礼拜赶起来。这期间不但人员要扩充起来，还得经过一番训练。

小姐们一听说有高级公寓住，露西酒吧原有的十一名没跑掉没关系，还从别家的酒吧，挖了十三名过来。也就是说"小寡妇"有两拨了。这个数目是配合房子和酒吧尽可能摆设茶几而定的，作为第一个步骤的人员。

除了劝酒进账的过程，和老式化妆的课程，是由马达母谢和陈两人加上舞台化妆师以外，其余的课程都是马善行一个人包办。

马善行十分惊讶这些小姐们的学习能力；一个人为生活所逼迫，而学习生活所需要的伎俩，比起一般学习的情形，进步得更快。

这些人会讲英文就是最好的例子。当然，她们的英文都是以前干吧女的时候学的，并且有的不地道，也可以沟得通。知道她们过去没有这个底，也就知道不容易。两个星期的学习课程，第一个星期完了的第一天，是扮演模拟测验。这是配合第一套衣服完工试装的。这天，马善行请三个洋朋友来，作为这次测验的考试官。

当马善行出去请洋朋友回来时，"小寡妇"里面仍然嘻嘻哈哈不停。大家戴着前蓬后髻的假发，有的穿袄，有的旗袍加背心，胳肢窝塞一条丝巾，脚穿绣花鞋，就这样我瞧你、你瞧我地乐个没完。

"好了，好了，客人来了，大家少三八一点。"马达母谢急着叫。但是不说还好，经这么一说，大家又笑得更起劲。有的人的丝巾竟派上用场，从胳肢窝拽下，就照教导下来的动作，轻轻地把笑出来的眼泪蘸掉。马善行看在眼里，乐得直叫着说：

"桂香做得真像。"

桂香吓了一下，自己也莫名其妙地愣住了。

"你再用手巾擦眼睛给大家看看。"马说。

原来是这个。桂香一想，害臊地忸怩着说："我不！"身体还扭一下。

"哟！这又对了。桂香真行！"

大家又哄堂大笑起来。

"好了，好了，少三八一点。"马达母谢叫着。

声音是被压下来了。但是马善行说："她们想笑，就让她们笑个够，我不相信她们能笑个没完。"他又对着小姐们叫："你们再笑啊！笑……"

又是哄堂的笑声把马善行他们的话淹没。

从开训那天，马善行就很受小姐们的欢迎，也因为他的头衔，还有留学经历，颇能压得住她们。等到大家笑倦了的时候，他搬一只凳子站在那上面，像体育老师那样，双手叉腰，先看看小姐，然后说：

"要是你们笑够了，就该轮到我说话了。"

才说完，又有几个人禁不住地笑起来。马善行知道跟她们再扯笑的话，她们真的会笑个没完。于是故意毫无表情地站在那凳子上。果然想笑的小姐，一个一个把自己的嘴唇咬紧忍了下来。

"今天我想跟各位做这个星期来所学的总复习，还要测验你们。现在我一边讲，你们一边回忆一下。所以从现在开始，我要你们专心一志集中精神。"他觉得屋子里闷热，回过头问跟洋人聊天的黄总经理说，"抽风机还没装上?"

"等装潢完,最后装上。"

"OK!"他把外套脱下来,递给伸手过来的马达母谢,就开始他的正题话了。

"各位小姐,你们从现在开始,已经不是露西酒吧的Bar girl。不,不是酒吧的Bar girl了。你们从现在起,就要扮演最不合乎时代,最落伍的中国妇女的一种,小——寡——妇。这种小寡妇的特性是,外表上看来是一座冰山,其实里面是火山。你们都要记住,你们都是婚后不久,正在享受美满婚姻生活的时候,不幸死了丈夫的小妇人。但是丈夫之情,还有,有些传统旧礼教的约束,你们不得不守寡。"说到此,已经有人吃吃地笑着,马善行故意不去理。他继续说:"你们的心理是矛盾的,开始守寡时,一半是自愿,一半是莫名其妙。为了生活你离开了夫家……"已经有人忍不住笑起来了,而渲染到别的,因而又引起笑声来。马善行拿她们没什么办法,耐心地看着她们,等她们的笑声落定了又说:"就是在说你们的身世,当然是假的。但是要做得好,你们一定要认为是真的。这一点你们能做得到的话,以后你们都会变成电影明星,演到悲伤的时候,不用眼药水，你们也会真正流出感人的眼泪来。"

底下听到说电影明星时就笑起来了。

"你们这样Open，这五口通商的调调儿，还不是Bar girl的老样？"马善行无可奈何地叫着。

"我们遇到真正的时候，我们就不会笑了。"底下有人说。并且有好多个声音附和着说："对！对！"

"我不是跟你们说了嘛！现在就开始是真的了。"

"你不算！遇到美国人我们就会。"

"好吧，好吧，我不得不相信你们。"马善行说，"你们尽可能沉着一点，我继续提醒你们，你们好好回忆温习。刚才说到哪里了？"

"为了生活离开夫家。"

"谢谢阿金。现在我不想说这些了，我来提醒你们该注意的。千万不要忘记你们是保守的，至少刚认识的时候应该保守，应该被动，不要像马达母谢说你们三八那样。"他停了一下，让她们笑一下又说："人家问你你才开口，但也不随便开口，也不要像过去向客人讨酒喝，我们心里实在是要他们请我们喝几杯茶当酒的，不然钱从哪里来？我们有一招不要忘了，以退为进。比如说，你们故意说喝了酒会叫你糊涂地失节，你这么一说，老美不请你喝上三十杯才怪……"

马善行说：

"我们不但在这两个星期里面，跟你们讲一些简单的美国风土人情，讲他们简单的历史地理，每天也会读越战跟美军的情形让你们知道，以后经常会这样做。这些临时知识也好，常识也好，在谈话聊天之间，你们会被高估。你们一被他们高估了之后，那效果真可以说无穷……"

马善行说：

"美国大兵会走进我们的'小寡妇'，差不多是看了广告来的，所以他们也多少抱着好奇心来问俗。这里的俗就是守寡女人的风俗了。千万记住，千万记住，呃！你们要记住的事情实在太多了，还有你们要有风韵……"

马善行最后又说：

"……总而言之，你们要叫来度假的美国大兵，觉得是跟一个中国的小寡妇闹恋爱，叫他们没心再跑到琉球、日本等别的休假中心去花钱。最后他们要求上床，可以！但是你们可以告诉他到你的公寓更像家。到了家不要忘记在美国人的面前，把案上的那帧丈夫的遗像盖起来。这是小动作,但是太重要了。好吧!现在解散之后,你们回到各人的茶几坐着,随便做什么都好,但是一定要像个小寡妇。知道吗?请就座。"

小姐们嘻嘻哈哈地回到自己的屏风后面,等着测验官来考试。有的拿起绣筐针线,有的看《红楼梦》《西厢记》,有的愁思,都是故作姿态。马善行走回到洋朋友跟黄总经理的圈子里说:

"可以开始了,你们随便跟她们聊聊。"

三个洋人喜气洋洋地站起来,马善行赶紧说:

"等一等,你们都必须有人带才行。请马达母谢、马达母陈,还有黄总经理,请你们分别带他们去见小寡妇。"

马达母谢把柯立夫先生带到一扇竹屏风后面,小声地叫一声:

"阿青。"那个埋头在缝一只小布鞋的小姐,猛一抬头,跟柯立夫碰了一下视线,马上低下头,把小鞋和针线藏在一边,然后慢慢抬起头,而不敢正视。

"柯立夫先生想认识你。"

"请坐。"声音很小。阿青一直想笑,明知道这都是假旳,也要当真。

柯立夫踏进屏风里面，马达母谢也离开了。

"请坐，柯立夫先生。"

这位洋人看阿青扮演得这么认真，自己也就觉得不能不慎重其事，因为自己这样提醒着，而竟被一种莫名的气氛给慑住了。他愣站在那儿。

"柯立夫先生，请坐。"阿青小声地说。

他的习惯是要让小姐先坐下来。但是听小姐敬坐，自己也就慢慢想落座，他才落一半，阿青随着也正落座，然而柯立夫的反应是马上又站起来，可能在那瞬间，他又受习惯的影响，以为自己差些就抢了小姐之先，所以赶紧挺直了腰身。阿青看到他这一弹动，自己也莫名其妙地跟着站直来。经过这么一下，互相竟不觉得笑起来了。

"请坐。"阿青心里对着这个稍微紧张了一点的洋人，一下子看扁，把他列入童子军的一类去了。

"请问你刚刚手里在做什么？"

"噢！你是说这个吗？"她一边说，一边把藏在一旁的小布鞋拿出来。

"那是什么？"

"这个嘛……"她一开始就看扁了他，所以想认真扮演小寡妇也扮不成了。"你有没有祖母？"

柯立夫受到一点点惊愕。"有，我有。她住在密西西比的乡下。我们住在纽约市。"

"难怪你不懂。这就是你祖母手头活儿。"

柯立夫笑着说：

"那你也没她那么老啊！"

"笑话。"阿青还是笑着说，"我们中国的女孩子，随便找一个，都可以比你们的祖母老啊。"

"我不懂。"

阿青禁不住地笑起来。这句话原来是昨天马善行向她们说的。他说：

"如果美国人太藐视我们的时候，也可以用幽默的话幽他一默。好比说我们中国的任何一个女孩子，都可以比你的老祖母老啊。他再不懂，我们可以说我们的女人有深远的文化啊。"

当时有人担心这么说，如果引起美国人生气呢？

"不会的。"马善行说，"美国人是很肯认错而挨得起骂的。说这是优点也是优点，说是贱，也是很贱，他们一向优越惯了，有人骂骂他，他还觉得新鲜，相反的还看得起你。不信你们试试看。"他一说上瘾，也管不了小姐的程度,懂不懂且放一边,这么一说,心里很痛快是事实。

没想到,阿青生吞活剥地用了那一句,竟叫柯立夫先生哑口无言起来。

阿青看到他有点受窘,自然地想换换空气,也好叫自己舒服一点,于是她主动地问:

"你觉得我这样打扮好看吗?"

"非常完美!"他笑着说,"但是很冒险。"

"为什么?"

"你还好。你的表现,一切都那么自然,所以看起来,化妆、衣服都显得很贴切。如果表情稍一不自然,什么都败露造作。"他笑着揉搓茶几底下的双手,多少自在得多了。"我不知道。我只是这样想罢了。你呢?"

"我跟你一样。"

"不过马先生对你们相当有信心。并且他的构想也真伟大。"

"你认为是这样吗?"

"马先生说,'小寡妇'的构想,对股东来说是改进经营方式赚钱,而对他来说是跟美国约翰逊政府开玩笑。"

阿青觉得话题有点陌生。但是她好奇地问：

"你说马先生跟美国开什么玩笑？"

柯立夫一时也想不出怎么解释好。不过他们双方都忘了自己此时的身份；一个是被测验的小寡妇，一个是测验官。柯立夫想了想说：

"我也说不清楚。马先生不喜欢我们美国。"

"奇怪？……"阿青睁大眼睛说，"他不喜欢你们美国，你为什么还夸奖他的构想是伟大的呢？"

"我也不喜欢美国参加越战……"他突然想起来似的，"哦！对了！马先生不是不喜欢美国，应该说他不喜欢越战才对。"

"多没趣！你们不打越战，叫我们喝西北风？"

"什么西北风？这是什么意思？"

"呃！那是我们的中国话。应该说没饭吃才对。"

"你不关心越战？"他十分讶异地问。

阿青有点哭笑不得，同时也意识到对方的单纯，没把她当作不值得跟他谈世局的对象对待她。她提不起精神地问他要一根香烟。柯立夫掏出烟递给她，随手扳着打火机跟她点火。在这之间，昨天母亲带小黑来的事情又掠过她的脑际了。她深深地吐了一口烟说:"我关心别人,谁来关心我呢?"她刚吐出来的烟很浓,而袅袅地停留在她的面前。

她真想把自己隐遁起来。多少年来,她自信自己已经被磨得坚强起来了。也可以说没有血,没有泪的了。因而也不会有什么感伤来折腾她。但是唯独小黑的事,令她对自己的一生感到慢慢地窒息,将来也跟小黑的肤色一样的乌漆黑,并且小黑越来越大了。

十一年前刚出道的时候,是在台北的红玫瑰酒吧出勤。那时认识一位黑人士官史密斯。他使她向往美国,使她以为去了美国就可以摆脱所有的痛苦。看在这份上,她也就不在意他是黑人了。史密斯还说:"你是黄种人,我是黑种人,我们都是一样的有色人种。跟我们不同的是白种人。"说到白种人,还咬着牙说。

"你爱我什么?"

"嘿!爱什么能说出来的话,那还叫什么爱?"说完了又抱紧她吻她。当时还不能完全听懂他的话,但是多少可以分别他的热情,跟别的有些不同。

不管怎么,还没答应他嫁到美国,在这里的物质生活,已经叫她觉得十分满意了。乡下的母亲,也有美国罐头、胡椒粉、面霜、烟酒享用。老人家乐得怕别人不知道她享福。但是那么多的洋货怎来的呢？总不能也照实告诉人家，说是女儿去赚美国人的钱啊！干脆就说个时髦的行业吧。于是她在乡下，到处跟人说：

"我女儿在台北进出口商做事。"

在这样的情形下就跟史密斯半同居起来。这意思是她仍旧上红玫瑰出勤，背地里也可以接客。有半年的时间，史密斯让她觉得像过不完的蜜月。因此接客的机会，她差不多都拒绝了。她勤练英文，想着有一天会跟史密斯到美国去生活。有一天，那是史密斯说出差到琉球的第二天，史密斯的朋友迈可，也是一个黑人。

他来告诉她说，史密斯吸毒被押送回美国去了。

她的伤心，红玫瑰里面的马达母，还有姐妹都尽力相劝安慰。她们所说的话，归结起来都一样，神女生涯原是梦，认真不得。也罢了，她想：真正谈到感情，可能史密斯比她更真实，而她之所以爱他，想摆脱这里的一切，去美国享福的成分大。

史密斯才走一个礼拜，一个叫史提夫的白人出现了。他是红玫瑰的新面孔，他的出现正好投入她的空虚，因而叫史提夫觉得受宠若惊。就这样，他就把史密斯的房子续租下来。过了一个月,阿青发觉怀孕,也弄不清到底是谁的?可能是史密斯的,要离开那一晚那么疯狂,害她也糊里糊涂。也可能是史提夫的,头一个晚上烂醉烂醉,自己也不知道怎会带他到家里,第二天胸罩和内裤竟在家里找不到。问史提夫,他也不清楚。

史提夫一知道她怀孕,又惊又喜,将错就错,一味想负起责任,要阿青嫁他。她虽然知道这很可能又是神女生涯的一个梦,也不敢放弃这点希望。一样要嫁给美国人,嫁给史提夫总比史密斯强。但是,良心上有点不安,她怕生出来要是史密斯的孩子。这自然很容易分别,姐妹当中有的是例子。所以一再安慰史提夫说:

"等小孩子生出来再说。"

"不!我们现在就结婚。"

"我答应你,从明天开始不上红玫瑰就是了。你不要再要我做别的。亲爱的,不要伤心。我们有孩子了,我不嫁你,谁会要?"

像哄骗小孩,一直到她在产院生了小黑,才把来自美国南方的史提夫气跑了。送她到产院是她跟史提夫的最后一面。这次她很镇定。决定把小孩托人养之后,再回到红玫瑰上班。

为了小黑，她实在花了不少心血和金钱。托养小黑的那个贫穷家庭，竟然为了养小黑，几口人的家庭的生活改善过来。

小黑也有十一岁了，身体长得比一般小孩子高。托养的那一家人，已经无法容忍他的顽皮和坏毛病。嬉皮笑脸的，动不动看到小女孩子就想抱人家、吻人家。有时凶狠起来，真叫人害怕。才接回来交给母亲，没几个月，惹得乡下的小村子鸡犬不宁。为了小黑的事，母亲上来过两趟，她也回去两趟。

昨天，母亲哭哭啼啼地，提着一包小黑的衣物，把小黑带来找她说：

"雪子，你行行好好吗？你如果还想让我多活一两年，你就赶快想办法把小黑带走。这样对他也好。其实他也很可怜的。"

"他又怎么了？"

"还不是老毛病！连我洗澡也要偷看。早晚不知哪一天，会被人家女孩子的家人打死的。"

"真要命！"

"还有昨天，人家村子里九如的儿子，从台北带了几个台北朋友到我们乡下玩。他们在路上碰到小黑，以为是美国小孩子，人家还好意跟他打招呼，说哈啰。"老母禁不住想笑出来，她小声地说："小黑竟破口爆出一连串的闽南语粗话！"

阿青听起来也觉得好笑。

"九如的儿子他们一定被吓了一跳吧。"

"可不是。他们以为他是美国小孩。哪知道他会用闽南话骂人。"

"像被鬼打了。"她笑着问，"后来呢？"

老母不再笑了。

"后来一台戏可真热闹，害我到派出所跑进跑出。这个小黑天不怕，地不怕，连警察也不怕。"

"怎么会弄到派出所呢？"

"九如的儿子他们被小黑骂了之后，不甘心，当然也骂小黑。他们人多嘴巴也多，骂起来更有得骂。"

"骂什么？"

"还用说，骂他杂种，最后还不是骂到他的母亲……"

"好了，好了。我知道。"她有点生气。

"还没完，小黑拿起手上的一把镰刀就开始直追他们。结果九如的儿子被追到，叫小黑割破了手臂……"

"活该！没把他杀死算便宜了他。"她抢着说。

"后来就被抱起来打，再被送到派出所去。"老母亲看到阿青气得好像没注意她的话。她提醒阿青说："雪子啊，你一定要想个办法。小黑也可怜，事情差不多都是由于别人的对他好奇开始惹起来的。我想台北这里的人见识比较广，还是让小黑留在台北的好。"

她们母女研究了半天，还是想不出办法。最后阿青向黄总经理借了一万元，安慰母亲，叫她拿一万元又把小黑带回去乡下了。

想到小黑，她觉得那不是一个人对一个人的事。好像她一个人对着一个极大的什么，而被压下来。她将心事化成烟雾吐了出来，凝聚一句话沉痛地说：

"我关心别人，谁来关心我？"

柯立夫莫名地受到沉痛的感染拿不出意见说：

"也真是的。你关心别人，谁来关心你？"

"现在你也知道了。"她冷冷一笑。

马善行突然在屏风后出现。他笑着说：

"柯立夫你迷上阿青了？谈这么久。"

"我想是吧。"柯立夫笑着说，"我不觉得我们已经谈很久咯。"

"我猜阿青的分数一定很高。可以了,基米和霍夫曼已经考了好几个了,谈恋爱以后有的是时间,继续下一个吧。"

柯立夫笑着站起来,轻声地对阿青说:

"下次再谈。"

"谢谢。"

柯立夫又被带到另一个小寡妇的屏风里面坐了。

阿娇好奇地跑到阿青这边来,小声地问:

"到底考些什么?"

"哪里是考试,聊聊天罢了。"阿青淡淡地说。

"他跟你谈些什么?"

"你不必紧张,这三个美国童子军,随便跟你聊什么你都不会吃亏的。"

"我才不紧张。"

"阿娇——!"马达母陈的叫声。

"在这里!"

"你不坐自己的台子,跑到那里干什么?快回来,轮到你了。"

阿娇低着头笑着钻进自己的位子。

"三八兮兮的。"马达母陈并没有恶意,她说,

"正经一点,基米先生就来。"乘马达母陈带基米来之前,阿娇侧身从屏风的边缝,偷看阿玉和霍夫曼。她看到阿玉一本正经的样子,禁不住笑起来。虽然她手把嘴捂起来,笑声还是叫阿玉他们听见。他们同时转过头看,阿娇一缩身,却看到马达母陈已站在一边了。

"阿玉,是个老母鸡就做老母鸡吧。"阿娇的这种揶揄的言辞,她们平时就送来送去,所以不觉得难受。

马达母陈笑着用英文给基米说:"阿娇是一个好女孩子,你会喜欢的。"

"我已经喜欢她了。马达母。"基米把无框的太阳眼镜往上稍一推,邪里邪气地笑着。他之所以这样,跟阿娇本身溢着的骚态多少有关系。

阿娇看到基米那种德行,故意气在脸上,喜在心里,莫名其妙地呆坐着。

"我可以坐下吗?"

"废话!"阿娇心里这么想,嘴巴却说:"请。"

"我不受欢迎?"他看到她仍旧不悦的样子说。阿娇是一个很爱笑的;姐妹叫她三八的,并不是没有道理。她听基米可怜兮兮地那么问,禁不住笑着说:

"没有啊!"

"现在我相信没有了。刚刚嘴巴翘得高高的生什么气?"

"没有啊!"阿娇说着,没什么好笑也笑起来。

"呀!我发现你是一个很喜欢笑的人,对不对?"

"乱讲。"阿娇说了又笑。

"唷!又笑了,还说我乱讲。"

就这样就够阿娇咯咯地笑个不停。

"你这样笑,别人听了,还以为我们在做什么。"

"做什么?"阿娇咬着嘴唇忍俊着,还故作不高兴状。

"又生气了?我有办法叫你不生气,信不信?"

嘴唇一松,阿娇又笑了。

"看!我没说错吧。"

"好了,不要再说这些好不好?我会笑的。"

"好,我不说。"他有点心动的,想讨个便宜说,"我可不可以坐在你那一边?"

"不行!我是寡妇呐。"

"寡妇为什么就不能叫人坐近她?我们美国也有寡妇,她们就没有这样的规矩。"

"我是中国的寡妇。"

"为什么中国的寡妇就特别？"

两个人完全是打情骂俏的心情，嘴巴一油，话也滑溜溜。阿娇不知怎么回答他好。但是杠一抬起来了，也不想认输。心一急，管不了马经理马老师的叮咛，说这类话非得到某一种时候，像已经跟客人谈得很熟了，还要注意这个客人能不能开玩笑，还有，还有……

"跟你说你也未必能够了解。"阿娇还考虑着说。

"为什么呢？"

"因为……"她想象基米这样不苟言笑的人，不至于会有什么问题吧。其实她自己不知道这句话本身的刺激性如何。只是马善行说了一大堆之后，还特别交代谨慎谈吐，因而觉得不得不小心。基米笑着。所以她鼓起勇气说："你不会懂的，因为中国妇女守寡的由来，比你们美国开国的历史还要早咧！"她放轻松地说。

没想到基米听她这么说，竟乐得哈哈大笑。稍一想，阿娇也不觉得奇怪。只是基米那么笑着，引起她想：到底那一句话，对美国人来说，有多严重？

有多严重？

他不是很乐吗？有多严重？

想了想，阿娇很不服气。像各展招数的时候，败露出空招。

"有什么好笑?"

基米一边笑,一边说:"我得重新跟你估价。"

阿娇听不懂英文的估价,心里有点紧张,而脸上就显得严肃。

这竟叫基米更看高了她。基米接着说:"你真会自嘲嘲人呐!"

自嘲嘲人这一句英文,也是阿娇所不懂的。她脸上的表情仍然严肃。害得基米也跟着紧张了一下,自觉得不该再自讨没趣。他赶紧赔着笑脸说:"好吧。我们不要再谈寡妇的问题了。"他一直注意她的表情。"其实我也是很能懂得幽默的人,懂得适可而止,只是……"

基米的话,她越来觉得越深,但是看他刚刚厚脸皮的德行,竟一下变成薄脸皮的敏感样子,引起她想采取主动,想换个话题。

"来个新鲜的话题怎么样?"她说。

"好啊!你说我们谈些什么好?"

"我不知道。你不是来考我们的吗?"

"噢!上帝。"基米笑着说,"我觉得你来考我还差不多。其实你已经在考我了。"

"笑话。我怎么能考你呢？"阿娇又像开始那样咯咯地笑起来。

"你很聪明。"基米望着她的笑脸又说，"又很漂亮。"

"谢谢。"

"我说的是真心话。"

"我们说正经的。马先生要你们来考我们什么？"

"没什么，就是跟你们聊聊天，随便聊聊，真正要被考的还是我们三个。等一下马先生会提出很多问题问我们哪。"

"马先生会问你们什么？"

"我也不知道。"基米提起兴趣说："我自己倒是很好奇，想知道你们改成小寡妇的感觉，或是对这件改变的看法。"

"像我们这样的人会有什么看法？"

"我知道你的意思。你是说你们有了看法，也做不了主张是不是？"

"就是这个意思。那还不是等于没有看法一样？"

"那你是不赞成这样做了？"基米紧追着问。

"也不是。我们是这样的，生意能够好，能多赚一点钱生活,也就无所谓感觉了。"

阿娇很平静地说。

"你相信这样做,会比以前露西酒吧更好吗?"

"我也不知道。马先生,最主要是我们的老板都这样相信,不然他们也不会花这么多钱,重新干起来。不过,我们已经得到以前所没有的待遇了,有免费的房子住,每天的中饭和晚饭也是免费的。"

"要是你会不会这么做?"

"我?"阿娇说,"我做梦也不会想到这样的做法。听说马先生很有学问哪!是美国留学回来的。"

"嗯!他脑筋很好。"

"你觉得他这么做,会不会成功?"她很认真地问。

"我也不知道。但是我觉得他是一个激进的人,很想把一个理想马上实现。"

"你们是怎么认识的?"

"有一次在美国新闻处听演讲认识。"

"你是在台湾做什么?"

"我在美国学校教书。"

"哦!原来你是老师啊,那你们跟和尚一样,不会来照顾我们的。"阿娇笑着说。

"不见得。"

"你觉得我这样打扮好看吗?"

基米笑着打量着她。她还站起来,就在那很窄的空间转了一圈。"怎么样?"

"反正你们中国人,穿自己的衣服,自然很配。要是我们美国人穿你们的衣服,就像参加化装舞会。"

"真的?不难看吗?"她心里很高兴。

"尤其这里面的装潢设计,也都是你们中国的,所以觉得更自然。要是到外面,就不一定啰。不过你穿的这一种长的,倒是很流行。"他停了停。"你喜欢吗?"

"不喜欢也得喜欢。"她低着头看看身上的衣服,看看布花扣。事实上,为了这一件穿着,她是愉快的。一大早穿上它,心里就开始愉快起来,整个人变得比平时更爱笑,难怪马达母陈连连说她几次三八。自己实在不知道为什么这么高兴。只有一点,她真正觉得自在的是,戴上这样的假发,总算可以把染红的头发遮盖起来。等一年半载,自己原来的头发又会长出来。

想到红头发,一句恶毒的话,马上就在耳边叫嚷。

"看你一头红头发,谁不知道你是在赚美金!"

"是!我赚美金。但是并不会比用美金的流氓更丢脸!"

去年年初,阿娇回去结婚,当时多少姐妹为了羡慕她而流泪啊。半年后她回到姐妹们的窝里,像说故事似的讲个没完。到结尾的时候,才像是说自己。她感慨地说:

"从良?说得挺好听。以后我情愿把屁股搁起来生虫!也不再从良了!"

大家听她这么说都笑起来了。

"我说的是真话,我可以在大家我们姐妹的面前发誓!"

"看这个三八的,自己那么凄惨,说起来像是说的是另一个人。"有个姐妹说。

"啊——眼泪吗?这一次都流完了。"

半年婚姻像一场梦。在这一群姐妹当中,她算是最没有负累的了,唯一跟她相依的母亲死了两年,平时积蓄了二十多万,现在也都没了。当然,这些钱没了,心里总是不甘心。不过能安慰她的是,摆脱了这个婚姻。想起来,所付的代价也太高了。那晚要是没伤到他就好了。可能还可以留一点钱吧。但是，她自己一直想不通，为什么会变成这样的地步。

"你……"做笔录的警察禁不住笑着问："你为什么伤他那么重？这是重伤害啊！"

"我也不知道。"她想了想，说，"以前都是他把我打得半死。其实这次也是他打我的啊！看！我的脸。"

"他怎么打你的？"警察望着她调整角度照过来的脸，看到她额头上的包包，还有鼻血。"等一下你也去医院开个证明。你是自卫的吧？你们怎么打起来的？"

"他向我要钱去赌博，我没有钱，他要我去借，我不肯。他骂我，说看我一头红头发就知道是赚美金的。我说赚美金的不会比用美金的流氓更不要脸。就这么一说，他一把抓住我的头发，往地上碰。看，把我碰成这样。那时我也不知道，我头被压在地上伸手乱抓，就抓到……"她不好意思说下去，又看到警察笑，也就没说下去。

"如果他没死，你也不会有什么问题。反正他在我们这里的数据，对他不利。"警察又笑着说，"不过，以后小心，那个地方是会致人命的。"

她看到警察帮她说话,心里也放松多了,这时才想到提包里有一簇头发,那是邻居的王太太教她的,要她把地上的头发拿去作证,她拿出头发说:

"看!他抓脱了我这么多的头发。"

"所以你就抓他一把。"在旁的另一位警察笑着说。

这一次她导致她的男人睾丸瘀血发炎,被赖在医院花了两个星期的医药费。没闹出人命,还算庆幸。她提出离婚,对方却提出条件,那天他们来了三个人,阿娇请露西酒吧的保镖蒜头跟她去赴会。那天的天气算是冷的,蒜头的皮靴、牛仔裤和短袖圆领衬衫的打扮,还露出胳臂上文身,多少替阿娇杀了一两万元。

最后阿娇说:"这样好了,要你就拿,不要就算,三万!"她越想越不服气:"我一头红头发靠三张卫生纸可以环游世界,看你三万块钱用完了,还有什么把戏变钱!"

阿娇向马达母谢借了钱,她笑着说:"又还俗了。"

阿娇算是最能看开的女人了。但是这一次,头上的红头发,叫她看到也好,想到也好,总是令她不舒服。

她已下定决心,等这一截红的长过去,以后再怎么也不再染红了。

头戴着这老式的假发,自己看了一上午,还觉得自己很适合做这样打扮,姐妹们也觉得她这样的装扮很出色。所以她更渴望洋人对她的看法。

"你真的觉得我这样好看吗?"

"很完美,你不信?"基米说。

"好,我请你吃糖。"阿娇笑着说。

就这样,他们很像老朋友,无所不谈起来。

结果基米、柯立夫、霍夫曼三个人,差不多都不能称职。首先他们都好奇地想多知道一点小姐的心理背景,所以这一开始,根本就违背测验的原则。当马善行请他们吃午饭的时候,一边吃,一边谈。

霍夫曼一开口就摇头说:

"我碰到的,几乎都是老资格的女巫,搞她不过。"

"是的,她们都是女巫,不过都是漂亮的好女巫。"柯立夫说。

"你呢?"马善行问基米。

"怎么说好?"基米笑一笑,沉思着说,"我想,让她们放自然最好。"

"我就是要她们这样。"马说。

"不。做自然和放自然不同。"基米解释着说，"你的要求是要她们的行为跟衣服回到以前，我的意思是衣服仍旧是服装，而不牵制她们的行为，她们现在是怎么样，就让她们怎么样，不必叫她们去扮演过去。"

"我懂你的意思，我懂你的意思。"马善行听起来有点不舒服，但是脑筋一翻，也觉得颇有道理。"谢谢基米的好意见。不过，这样的话，也就没有什么特色了。"

"不会。她们的服装、屋子里的装潢就是特色了。"

"不！如果内容没有特色，形式是没有意义的。"马善行说，"不过，我还是谢谢你的看法。"

"这样说起来，不是太理论了吗？"柯立夫说。

"我倒觉得应该有弹性才好。美国兵也是各色各样都有，有性子急的，有性子温和的。像性子急的，你根本就没有办法叫他将就你，只有你去将就他了，这种情形，小寡妇只好委屈一点，其他也一样，每位小寡妇看对象的情形改变应对的态度。"

"我懂你的意思。"

"所以马先生,你应该只把握管理,把行为样式的控制,还给小寡妇她们各人去控制。你只是管理。"基米愈说愈得意。

"我懂。好意见。谢谢。"由于基米的见解细腻,马善行听了之后,也不能不佩服。

他笑起来了,适才的不愉快,完全是低估了基米的见解,没有听他说完,就以为他也只不过是时下年轻人好批评的坏习惯。

"很有意思。"基米说。

"不管怎么,我认为这个构想是很伟大的。"柯立夫说。

"那当然!"基米说。

至于有关小寡妇的测验的结果,他们三个人实在没做到什么,所以也说不出什么。

单单基米的那几句话,马善行已经觉得收获很大。他说:

"谢谢各位,你们没测验小寡妇,却测验了我。成绩还不错。我说是我的收获。来,请便。"

"太丰富了!"

"没便宜了你们！这只是商务午餐。"马说。

"那是说还有一次午宴？"基米笑着说。

"没有问题。"马举着杯子回答。

大家都举起杯子，痛快地饮了。

马善行从基米的话，得到启示之后，策略上并不改变，但在战术上，很重视肉搏。所以，他觉得小寡妇个人的教育，觉得需要特别加强。

剩下的一个星期，小寡妇的课程内容有了变动。不过这个变动，在理论上来说，是行为的移位，把进行式，改为过去式。举个实际上的具体例子：原来对小姐们的要求是，去扮演过去的一位小寡妇，外表是那样的打扮，行为也得学过去保守。但是，决定行为移位，是把原来用操作表现的行为，改成口述的行为，也就是说不必拘泥于过去的小寡妇怎么怎么，她们也模拟怎么怎么，现在只要能够说出过去的小寡妇是怎么怎么就行了。然而，这也不是绝对。要看情形，由小姐折中发挥。

这件事情能不能成功，似乎被马善行且摆一边，目前一点一滴地发现，一点一滴地去改进要求。单凭这样的进行过程，他的心里是愉快的，像统御一个王国，什么都在照自己的蓝图建设起来。另外，能冷静地把自己抽出一边,看看自己的精明,这实在是比欣赏别人的才能,更能叫人陶醉。

当他想以东方的神秘性来诱敌,在战术着重肉搏,而重视小寡妇的个人教育。并且决定了亦可用口述代替行动之后,对小姐的一些文化知识教育加强了。他告诉小姐们:

说古老的中国为什么要女人缠足?

说什么贞节牌坊。开守寡的玩笑。

说宋朝开始怎么重视处女贞操的?怎么检查?

说《金瓶梅》较为突出的床戏。

说几则《素女经》。

说……

说很多很多有关中国的,当然都是跟性有关系。上这样的课,小姐们特别有精神,并且由衷地佩服马先生。她们干这一行,可以说剥得精光,对这方面可以说没有什么可以再挖了。没想到马善行的嘴巴里面,还藏有这么多的新鲜玩意儿。尤其马达母谢和陈两人,在这里面也算是老资格的人物,从她们跟牢每一节课的精神,也知道这些法宝的厉害。马善行站在台上,说得自己心里也痒痒的,另方面看到台下的人这么有兴趣,相信这些美国大兵，更逃不过的了。

马善行在一节性经课即完的时候说：

"你们不要只对这些发生兴趣，有关越战的报纸也要看看，给你们分组分好的组长，一定要读给组员听听。你们现在学的，不能偏，谈话时要看对方转舵，从此你们又可以靠讲话赚钱。所以讲话的范围越广越受欢迎。要你们读越战的新闻，和美国国内的新闻，只是要来找你们的美国兵，觉得受到你们关心罢了。他们心灵空虚，什么地方，可以说全身都寂寞，浑身要人安慰。有的是他们来买，但是你能给他们一点不花成本的关心，他们还是肯花钱的。知道？"他看着台下的一位小姐，笑着说："阿雪，你不要在听《金瓶梅》的时候，就精神百倍，听说别的就垂头丧气好不好？"

"乱讲！"

大家都笑起来。

D区计划

"小寡妇"开幕的前三天，他们就在此间外文的刊物上，在固定的边栏刊登广告了。广告的内容，画面用漫画画一座待发射的火箭，火箭身上写着"小寡妇"。没什么文字，只写"请注意小寡妇倒数归零！"

开幕前三天，只写个计算机阿拉伯数字的"3"字。

开幕前二天，只写个计算机阿拉伯数字的"2"字。

开幕前一天，只写个计算机阿拉伯数字的"1"字。

开幕前那一天，画面上的火箭不见了，只留下整个画面的烟雾。而以烟雾衬底，排好如下的文字：

大标题：美国的亚洲外交为什么失败？

副标题：因为美国人不懂什么叫作入乡随俗！

说明的文字："如果你想懂什么叫作入乡随俗的话，请你到锦西街，来问问我们的小寡妇就知道。"

在衬底的烟雾中，还露出几个披发蓬松的小寡妇的笑脸。

那一天"小寡妇"一家人都很乐。其中马善行比谁都高兴，几份登有广告的外文刊物插在西装袋，一会儿接电话，一会儿听人家来告诉他一些消息，虽然还不到营业时间,但是由广告引起的反应,已经够热闹的了。单单同业的经营者和吧女,很多因为好奇来造访的不少。

当马善行跟股东,和几个送花圈来祝贺的同业在聊天的时候,马达母谢叫:

"马经理,你的电话。是一个外国人。"

"对不起。"他向大家说,"今天电话太多了。"

黄总经理望着去接电话的马善行跟其他人说:

"我们赌他了。"

"我看会成功。"其中一个贺客说,"至少他也叫我们干这一行的水平提高了。"

"单单为这一点我们才不干。"黄笑着说,"我们投进不少。我们还是想捞回来。"

"那当然,那当然。"

"不过,事实上是给我们提高了水平。我正准备,等这一阵子忙过之后,多请几个朋友,大家一起聊聊!有很多观念,我们必须打破。"

他们聊着马善行,马善行放下电话筒,笑着走过来说:

"笑死我了。"

"什么事？"

"真有意思。"马善行得意地说，"刚刚一个洋朋友挂电话告诉我：说上午一大早，美国新闻处的人打电话给大使馆，问他们看了我们的广告没有。嘿！这下热闹了。"他陶醉在广告被广泛注意的这点上。他又说："我看CIA的人，也会变成我们的顾客了。"

"什么CIA的人？"

"美国中央情报局的人啊！"马善行又惊讶，又觉得好笑。他惊讶他们连CIA这么时髦的名词也不知道。另方面是因为得意而觉得好笑。

"中央情报局？"黄总经理有点紧张地说，"那跟我们有没有关系？"其他人也似乎被感染到一点紧张的气氛。

马善行笑着。

"我们尽管规规矩矩做我们的事。CIA的人找上门，我们照价收钱。"其他人实在感觉不到这样的话有什么好笑。马善行越笑，他们越糊涂。他接着说："要是知道谁是CIA的人，我要叫'小寡妇'多敲一点竹杠。CIA最有钱啦！"

"CIA的人要来我们这里做什么？"

"唉！"马善行啼笑不得地说，"我是说着玩的，总经理——"

在马善行的嘻哈之下，大家也跟着笑了。只有黄总经理的笑，自觉得不是滋味。

这天，"小寡妇"每一个人都露着怎么抑制都禁不住的笑容来上班。马善行打趣着说：

"你们这群叛逆的。这样哪里是死了丈夫的小寡妇？丈夫死了有什么好笑？"

"丈夫死了才好笑咧，你也不知道。"有人回答。

"啊！对了。丈夫死了，好嫁给美国大兵。"

他们就这样打情骂俏，等着生意。

当天色昏暗下来，把"小寡妇"的霓虹灯点着，朝着街头两端眨眼的时候，里面两拨的小寡妇，已经用心运用着近两个星期来，所学的文化知识了。因为这些文化对她们祖母以上的妇女来说，可能大部分都是成了习惯，然而对她们自己，首先是陌生，经过恶补之后，还得时时下意识提醒自己，有多少认识，就用多少，所以只能说是运用了。

有一位叫路易的美国士官长，他就直截了当地问小寡妇阿美说：

"我是来问俗的。"

"什么？"阿美没听清楚，也没能听懂。

"你们小寡妇的广告，不是叫人来向你们问俗吗？"

阿美笑着说：

"噢！你是说我们的广告上说的？"

"是啊！"

阿美觉得很好笑，像这样的问话，马经理老早在训练她们的时候就说：

"现在发给你们的这一张八十四条的必答题，你们最好在其他时间，也能够多做复习。因为这些问题，是来我们这里的美国兵，很可能问你们，而你们必须回答的问题。并且这些问题，都是由好奇心而来的人发问。这个生意做得成不成，要看你们回答的问题，能不能满足对方的好奇心。所以你们想想，回答这些问题是不是很重要？"

有了这些准备和记忆，阿美没完全听懂对方的话，但也略知他是从广告提出问题。她从容地问：

"你是想知道一些有关中国人守寡的事吗？"

"嗯！我很想。"

"没问题。你很急吗？"阿美笑笑，"要不要来一杯威士忌？"

"好吧，你也来一杯什么？"

"谢谢。威士忌还要加冰块？"

"要的，要冰块。"

阿美走开的时候，路易听到隔屏风的另一边，小姐娇声地连呼："不、不……"

阿美一时禁不住想从缝隙偷看一下，但心想不该，又就作罢。可是凭自己的想象，不难知道隔着屏风那边所发生的事。他望着完全陌生的每一件周围的东西，原先对整个这样的环境格格不入的清醒，随着看不见人影而只听呢喃的声音穿心，那份陌生感不但不分散他的所有注意力，反而变成培养异国情调的一种气氛来。

当阿美端两个不同酒杯的酒进来的时候，隔着屏风那一边，又传出轻轻的叫声："不，不，哟！看你，你把我的布扣拉断了。不，不……"他们两个，同时为这声音望了望笑笑。

"笑什么？"她没话找话说。

经她这么一问，他笑出声说：

"没有。你没有回答我的问题。"

"哦！要认识乡俗，可不能急。"她一边想着讲义上的必答题说，"听说的不算认识，你常来自然就知道了。"

"我来度假只有几天的时间啊。"

"几天？"

"还有四天。"

"噢！足够了。"阿美笑着说。

路易笑了笑。刚好这个时候屏风的那一边，比刚才更大声地叫着："不，不，你这样太野蛮了，不，不……"不过女人的叫声，并没显示厌恶的样子，往往这种否定式的不是否定，反而是怂恿男人的意思。"你疯了！不！不……"随后那边又这么叫起来。那程度，已经无法叫路易和阿美两人再置之不理了。他们互相笑了笑。

"那边怎么了？"路易显然是明知故问。

"我不知道。"阿美说着，心里想：你装蒜，我扮糊涂。

然而两人各自洞察到对方的心底，同时突然觉得滑稽而不禁失笑。路易端起酒喝了一口，他的眼睛一直盯着她。她也默默地抵视着。但是在她认为已经到很适当的时间里,低头回避对方的目光;她的经验告诉她,这样做很能满足男人的好胜心,同时叫男人穷追不舍。这在他们的心理上,会产生种种幻想,进而他们会想证实自己的想象力似的,就有种种要求。往往在欲达到他们的要求,他们会尽他们所能。这时候,她们的目的就达到。这种以退为进的职业企图,已经不用阿美从头到尾去用心了。那种行为和动作久而久之,像装了自动装置,到什么时候就得做什么,一切都成了自然变成习惯。

路易看阿美低头移开视线,他的眼睛乘虚,在阿美的身上搜索起来。他的视线,在她没有被茶几挡住的上半身溜转了一下,回到她的胸前打住,开始留意中国绸缎的图案和质地,那种东方古老的神秘感,无意间从心底升起迷惑,幻想着透过那一层古老的图案的皮肤,一种异趣香味,也同时泛散出来。

屏风那一边的小寡妇,似乎还在挣扎着,只是没那么大声叫嚷,她还是间歇性地叫:"不,不……"他们又听到那叫"不"的声音。

"什么都叫不,不。她怎么了?"

"我不知道。"阿美说着端起酒喝了一点点,但下咽的动作是夸大的，像一种渴望干咽口水的样子。她知道路易会一举一动地观察她。

路易想：越南的、琉球的、韩国的统统经验过了。不过她们的打扮都是台湾的话是第一次。这么一想，那一股从那一层古老的图案后面透出来的香味，令他感到异趣得不自在。他也端起酒杯大大喝了一口，冰块还叮当地在杯里响着。

"这里有什么跟酒吧不一样的？"

"没有啊！这里就是酒吧。"

"没有什么特别规矩？"

"没有啊！"阿美说，"你觉得不一样？"

"至少你们这里的装潢，还有你们的打扮。"他笑着说，"还有你们的特别风俗吧。但是我还没有发现什么特别的。"

"你才来喝两杯酒怎么会知道？"

路易端起杯子把它喝完。他说：

"好吧，再给我倒一杯威士忌。"

当阿美站起来走出去拿酒的时候，路易趁机会摸她一把屁股。

"呃！不。我是可怜的小寡妇呢。"她笑着把屁股一扭，回头很叫人喜欢地瞪他一眼。

"不！"他学着她叫。"你们都是'不'小姐。"

他望着她的背影从头到脚打量。他想，如果朋友告诉他的那个价钱，就买她。不会不一样的吧？刚刚她自己也说这里跟别的酒吧没有不一样。

但是他又想，要是像最近的情况那么泄气，那可真划不来。他一点也没有把握。这种心有余力不足，自己已经明白是一种心理上的障碍，要经常靠自我纠正来治疗。然而每次心理有欲念骚动的时候，脑子里面马上就浮现，今年夏天支持一个小村落的拉锯战，被慑住的景象。

那短短的三天，一会儿美军，一会儿越军，这样地在这个小村落里，拉锯了六七次。当他们支持友军占领了这个村落，它几乎变成一块冒热气的温泉地了。雨后炽热的阳光，烘烤着地面，蒸发着滞重的焦味和腐肉味。一扇似乎可掩蔽的倒塌下来的草门，他端好了冲锋枪架好架势，一脚把门踢翻开来，他看到光裸下体的女尸，视线自然地被支离得异常的尸体吸引，同时也正被那腐烂的洞窟的一簇蛆中惊愕的当儿，附近战友搜索的枪声突然响了起来。接着自己也莫名其妙地扣了扳机，眼看那女尸的下半截，在一串枪声中跳了几跳，那簇忙碌着蠕动的蛆虫和烂肉都没有了。

随后从后方，用直升机送来丰盛的牛排餐，竟叫他无法享受。几天后一直觉得作呕。他始终不了解自己，一两年来在战场出生入死，什么样吓人的尸体都见过，为什么这次会是这样不安？矛盾了几天，不得不找一向作为调侃的对象的军中牧师罗伯先生。

"噢！上帝！上帝原谅我们吧！"罗伯一边听路易述说，一边这么轻呼着。

"为什么是我们呢？"路易不了解罗伯的意思。

"没有错。是我们。这个战争不是你我的问题，是整个人类的问题。"

路易觉得没趣，他并不想听到。罗伯看他仍然不安的样子就说：

"可怜的路易，像你这样身经百战的老士兵，能有这样的心灵的不安，叫我的信仰更坚强了。人类还是可拯救的。"他看着路易皱眉头；其实路易心里正诅咒着！

牧师以为不安又掠过他的心，赶快安慰着说："路易，那是一具死了多天的尸体，你是出自仁慈，不忍心那些蛆虫蹂躏她是不是？这跟我们为了世界的和平，参与这一场战争是一样的神圣。"说完接着想拿出《圣经》，引一段印证的时候，路易掉头就走了。

"路易，以后我会常找你——"

路易去了好远了，还听到罗伯这样叫。

"见你的撒旦去吧！"他连头都不回地走了。

过后有一个休假，在西贡的酒吧，路易看中了一个吧女买了她。结果就在那关头，那具女尸的阴影，以及连着发生的事，都重回到脑子里了。就在这时刻，自己一向颇具信心的东西，竟龟缩得像一颗虫蛹。他意识到自己是何等的需要。

他看到阿美端酒回来。他猛晃了几下脑袋，想把这些回到脑子里来的事，一下子甩掉。他笑迎着她，趁她把酒放下来的时候，他轻轻地拉着她的手说：

"你就跟我坐在这边吧。"

"不！我是在守寡的小寡妇呢。"阿美自己说起来也觉得假得很好玩而发笑。由于这种嬉笑，反而造成马善行所预想不到的好效果。

路易让阿美贴坐在身边，一手搂着她的腰。

"算了！可怜的小寡妇。"说着噘着嘴就凑过去吻。

"不！不！我太清醒了。"

他吻不到嘴，头发也好，闻她几下。阿美怕头发被碰塌下来，赶紧伸手扶住。

"你也喝一杯威士忌吧！"他放开她说。

"谢谢。"她站起身，"对不起，我喝别的好不好？"

"不行！威士忌！"

"好吧。谢谢。"说着阿美就走出去。

路易望着她，心里的欲念骚动起来了。他把手插进裤袋里去碰阳物。这时，鼓励他的野战医院马丁医师的话又叫他想起来了。

"这个不在药物，平时自己要设想种种观念突破那个阴影。最好能遇到一个老到的女人，很可能由她的技巧，使你成功之后，就可以恢复机能。"

"那些职业的，不是都是技巧专家吗？"

"呃！还必须带有感情的。"医师说。

"除非我太太。"但是他沮丧地说，"不行，我看到了，那个印象马上就转移过来，一转移过来……"

"呵呵呵……"马丁医师忍俊不禁地说，"跟你太太,还得在夜里把灯光都熄灭。呵呵呵……"

当时好像获得一线希望,可借此机会,不算退役,也可以回国一趟。他急切地问:

"马丁医师,你可不可以出具证明,让我回国治疗?"

马丁医师呵呵地笑得更开怀了。他自己也觉得很滑稽。不过,心底里的那一份急切,却十分庄重。他耐心地等着医师怎么回答。

"士官长——这怎么可以呢?这又不是伤残。"马丁医师说了又呵呵地笑。

"这,这……"他本想说:"这不叫伤残,岂不是太不人道了吗?"但是看医师那么笑着,也知道是无望的了。本来就不曾企图,想也不曾想借这无能的症状回国的。只是马丁医师的话突然引起的近乎幻想的希望罢了。他苦笑了一下说:"这不是我荒唐,就是我们的伤残退役规章荒唐。"

他等着阿美回来,还清楚地记起马丁医师听他说伤残退役规章后,自认为幽默地说:"路易士官长,你在我们的伤残退役规章中,发现了新大陆!"马丁医师说完还张着满嘴的胡须的嘴巴又呵呵地笑。

要不是从他的笑声中，猜测医师对病症的程度的诊断，令自己觉得不那么严重的话，可真不喜欢那种幽默。不过，多少还是按捺不住，于是不管护士小姐在旁，马上回敬一句话说："马丁医师！我斜着头看，你的大嘴巴可真像吧女的收款机呢。呵呵呵——"他还学着马丁的笑声。

想起来不禁自己也笑起来了。

"你疯了，单独一个人笑什么？"阿美端一杯加冰块的威士忌回来。

"你坐下来。"他让她坐在身边，问道，"是威士忌吗？"

"你喝喝看。"

"不，你喝。我要看你醉。"

"你要我醉？你到底想让我喝多少杯？"

路易知道她要敲他竹杠，马上环手抱着她，他把脸贴近说：

"然后你要给我什么？"

"不，不，我是小寡妇呢！不，不……"她撒娇着小声叫嚷。

正好屏风那边，也叫着"不，不……"屏风还被撞动了一下。路易放开她说:"好险啊!他们在干什么?"他显露出明知故问的狡猾的脸笑着。

"你们最会欺负人了。"她想到马经理的话,马上又应用上去说,"这么性急,还想入乡随俗?"

"多没意思,我们美国人讲究效率。"说着,路易又要抱她。

"不。"

阿美刚说完,但是一下子就被路易抱在怀里。这时,正好屏风后面的两个人走了出来,那洋人似乎抑不住饥渴,从里面就把秋萍半搂半抱地夹出去。他们都看到了。路易说:

"看!这就是效率。"

"我不懂。"

"不懂?不懂我可以教你。"说着手就往阿美胸部抓。

"给你说了,我还很清醒,我不要。"

这时候,马达母陈带一个黑人,走进刚空出来的屏风后面落座。阿美趁路易看人影走过,稍松手时挣开说:"看你买酒不喝,多可惜。"她端起杯子邀他。"来,我们喝一口。"

这时马达母陈从屏风后退出来,一下子的功夫马达母谢就来了。她很客气地先向路易说:"对不起。"然后向阿美说道,"你有电话。"

"对不起,我去接一下电话。"

"我想去洗手间。"

他想去看看自己的情况。

"好,我告诉你。"

她把路易带到厕所后,回到柜台背后,看到马经理和两个马达母都在那里,像是热烈地在讨论着什么。她知道没有她的电话。

"阿美啊!你应该想办法抽身出来招呼别的客人呀!"马达母谢急着说:"现在才九点多一点,小姐就被带出去八个,客人越来越多,不行啊!应该多照顾几个,对你们也好,多赚几杯酒是不是?"

"马达母……"阿美有点像呼冤枉地叫着说,"谁不想当蝴蝶多照顾几个客人,多赚几杯酒?还不都是那屏风叫我们脱不了身!我……"

话还没说完,马达母陈望着马经理,抢着说:

"看!阿美也这么说。"

"我知道,我知道。"马善行皱着眉头,点着头说。

"有屏风挡着,他们就放胆动手动脚,抱着不放人走。"阿美说。

"好!我们马上就改。今天打烊我们几个人留下来开会研究一下。"马经理对两位马达母说。

"并且这样格在里面,跟他们乱盖,觉得我们的英文程度不够……"

"好了,你快回去照顾客人吧。"马经理有点不耐。

"你先去招呼一下刚刚进来的那一位黑仔。他叫密勒。"马达母陈说。

"刚才你带进来的那一个?"

"嗯!"

"不行啦!就在我们隔壁嘛。"

"好吧,你先回去,我叫小白去。"她问马达母谢:"8号台是不是小白?"

"嗯——?"稍想了一下,"小白是在8号台子没错。"

"这些屏风拿掉。"马经理低着头思考了一下,像是自言自语。

"也因为有了这些屏风的关系,这么早小姐才都被带出去。"马达母谢说。

"带出去有什么不好?一个人抽了二十元美金,还带回公寓,我们又抽了多少?"

马经理明知道她们的话是对的,但是一直都受批评,听起来好不舒服。其实生意这么热闹,都没人夸奖半句。

"好是好啦,但是时间太早了,客人来了,没有小姐,酒怎么能卖出去?"马达母谢看到马经理有点不高兴,也就客气一点低声地说。

"没有屏风,他们也缠不住小姐,那么小姐们也就可以像蝴蝶,这个台子飞到那个台子……"

马达母陈的话还没说完,马经理忍耐不住地说:

"你们有什么意见,现在准备着,等打烊后留在这里开会的时候,你们尽管说出来。现在就照原来计划。你们再忍耐一两个小时,马上就打烊了。"说着就走出去外面。

两位马达母互相望望,又看着马经理走出去。

"这种人很固执。"

"不过他说得也对,再等两个小时开会叫我们提出来,现在说了有什么用?"马达母陈说。

马达母谢听姓陈的这么说,心里有点酸溜溜的感觉。她嘴巴里虽然说他固执,心里却喜欢着他的那种神气。没想这么一说,竟叫姓陈的疼起他来。再或是姓陈的知道她喜欢马善行,故意要她噎一点酸意?

"喂!那位黑仔密勒呢?"

"啊!我差一点就忘了。"马达母陈说着,然后稍大声一点,朝向8号台子叫:"小白——你有电话。"

不一下子的工夫,小白有点气呼呼地用左手抓住右腋下的布扣走出来。一见马达母就叫:

"真气死人。说这些生番就是生番,强把人家的布扣拽断。我的电话呢?"

"没有,只是叫你出来一下。你去招呼一下3号台的客人。"

"你看我这样怎么去?"说着她把左手一放,罩胸的衣布掉翻下来,一下子就看到奶罩的一部分。她马上又扶好,又气又笑着说:"这样怎么能去?"

"哈哈哈,秋萍也这样。"马达母陈说。

"还不赶快,还说闲话。"姓谢的有点急了。

"找谁好呢?"

"你暂时去一下再说嘛！"

"我？"马达母陈指着自己的鼻子说。

"有什么办法？"

"我不要。"

"是你招呼进来的，怎么可以这么说？"

"好吧，好吧，算我倒霉。"马达母陈说着，一边走一边拢拢头发就去了。

"马达母，你看我这怎么办？"小白急着问。

"怎么办？怎么办？也不会先用发夹夹一下？"

"那有什么用？还不是一下子就被拉下来！"

"他一定要拉下来有什么办法，你上了铁链也没用。"

这时外面的招待，又带两个胸前挂照相机的人进来。马达母谢很快就意识到是日本人。对日本人她感到特别亲切，她迎面上去，还不敢用日本语跟他们打招呼，只是微笑着跟他们点点头。这两位客人好像无视于她在眼前，只顾东张西望。有一位对同伴说：

"是不同呐！"

"真像伽蓝堂⑤嘛。"

马达母一听是日本话,她很高兴,并且对熟悉的语言,也似乎灵活地懂得运用幽默。她听了他们的话,马上走近他们插嘴笑着说:"不是尼姑庵就好了,对不对?"她很有礼貌地做了九十度鞠躬,"欢迎二位。"

"看了你们那特殊的广告来的。"

"谢谢你们的光临。"马达母又是一鞠躬。

"你们小寡妇的广告很成功。"

"谢谢你们的夸奖。"马达母又鞠躬。这种礼貌和习惯,是她平时所没有的。遇到日本人,她表现得很得体。

"请问,你的芳名是?"

"我是这里的马达母,我叫节子,请多多指教。"

"哦!是马达母。"他又随眼打量一下四周说,"真行啊!"

"二位请这边坐好不好?"她说着接他们坐在屏风外面临时加的台子,那是刚刚有人离开的唯一空位。她趋前去挪开台子的椅子的时候,两位日本人留在原来站

---

⑤ 伽蓝堂:民间的庙祠。

的地方，窃窃私语地说：

"原来她是马达母，我还以为她就是广告上说的小寡妇，真把我吓坏了。"

"我也是。还以为这个老女人就是小寡妇。"两人说着呵呵地笑起来。

出来端酒的小姐，陆陆续续在走动。马达母谢见了她们叫着说：

"哟，青梅、阿桃。你们过来招呼他们一下好吗？"

"你叫阿英嘛！我又不会说阿本仔话⑥。"

"有什么关系呢？大家忙，招呼不过来嘛。说不定人家也会阿啄仔话⑦呢。"

"等一下，我把酒端进去再来。"

那日本人的台子，暂时就由马达母谢照顾。

马善行从外头，像想到什么，急忙地走进来，才握起话筒放下，接着从口袋里摸出一本小簿子，翻了一下，把小簿子摊在台子上，用左手压着，右手握起话筒，开始拨号码。

---

⑥ 阿本仔话：指日本话。
⑦ 阿啄仔话：指英语。

"喂!王先生在吗?——噢!我是'小寡妇'的马经理——是这样的,我想晚上十二点,请你带两个木匠过来,我这里……一定要在今天晚上——不行——不行——工作不会多,我想一晚上两个人就可以赶起来——呀!——互相帮忙来帮忙去啦。黄总经理的票开给你没有?——就是嘛,我叫他少开几天不是就行了吗?——是,是,我知道——不会,就是把我们以前的吧台恢复过来,还有其他的一点点——嗯、嗯,塑料皮,当然用塑料皮,不能用漆,最好你马上来一下。因为我想把大部分的屏风去掉,灯光方面需要变动,所以电工也要带来——还得用壁纸?——不要吧?——好了好了,你来一趟再说——什么时候来?——不行啊,十二点来就要开始动工了。你要先来一趟了解一下——好,我等你。"他把话筒放下来,又翻着那本小簿子。

"你不是说要开会吗?"

他回头一看,是马达母谢。他说:"当然要开会。打烊以后不要跑掉了。"

"那你不是打电话叫王设计来了吗?已经决定好了?"

"我知道我们开会后的结论,我也赞成你们的意见。"说着轻轻抚一下她的脸颊,"我想喝一杯白马[8]的,你也来一杯什么?"

"一样的。"她跟他趴在酒台。"外台子那两个客人是日本人。"

"哦!"他轻声地,并且带着无意地回过头看了他们一下。

"他们很赞赏你。"

"怎么说?"

"我告诉他们的。"

"哦,怪不得我回头的时候,他们一直望我。"

"来,我给你们介绍一下。"

"你认识他们?"

"第一次见面,小姐忙不过来,我去招呼了一下。"

马善行喝着酒正想是不是马上去,或是稍等一下。他想他是经理,应该勤快地过去跟客人热拢一番才是,何况人家已经认识了,并且又表示赞美的意思出来。想了想,决定过去。他喝了一口酒,正把杯子放下来的时

---

[8] 白马:指法国白马酒庄产的葡萄酒。

候，阿美在身边叫：

"马达母，我们要出去。"说着把出场费的两张十元美钞递给她。

"是回公寓或是饭店？"

"他说可以先到公寓去看一下。"

"随你，算盘你是会打的。"

他们就站在台子那里，跟路易打个招呼，目送着路易跟阿美出去。马达母谢回头看着马善行。他笑笑说：

"都是屏风不好。"

"你可真厉害。你知道我要说什么？"她挑起她那桃花眼看他笑笑。

"也是乱猜的。"他笑着："走！我们过去跟日本人打个招呼去。"当他们走离开台子几步，他小声地向她说："哪一天我请你吃宵夜？"

纵使马达母谢想说什么，也没有时间了。他们已经走近日本人的台子，况且他并不想马达母谢回答他。

"给你介绍一下，这位是冈本先生，这位是宫入先生。他就是我们的马经理。"

经过这么介绍，互相握手点头，还交换了名片，使马善行觉得有点不大对劲。这么一来，总觉得这两位日本人不像来买酒的酒客。太正式了。

"很了不起的构想呵!"宫入赞叹着说。

"很抱歉!我不会说日本话。"马善行用英文说。

"可以,可以,我们会说一点点英文。"宫入笑着说。但是日本人能有这样的英文发音,大大地叫马善行感到惊奇。"我跟冈本很佩服你的'小寡妇'的经营构想。"

"没什么,只想给客人提供新环境,不知你们会不会喜欢。请多多指教。"马善行说。

马善行虽然没说几句话,这两位日本人在心里面,已经觉得此人必有一点来头。尤其是宫入,他觉得不能不用点心说话。他说:

"但是,马先生。你构想的当时,并没有想到日本人吧?"

"你是指我们的广告说的?"马善行也机警地说。

"嗯——其实广告可以有关系,也可以没有关系。问题是你开始的想法呀!"

"说真的,只要踏进小寡妇的门,我们都欢迎。不过开始时,完全是为了来度假的驻越美军想的。"他笑着说。

"伟大！"宫入的话，几乎跟冈本的镁光灯闪亮，同时说出来。

马善行愕了一下。

"对不起！"冈本说，"宫入用话称赞你，我只会用镜头赞美你。"

"呀！不敢当，不敢当。"马善行心里不大高兴，脸上强装笑容说。

"有没有拍到我？"马达母谢唯恐没被拍到。

"有啊！"冈本骗她说。

"呀！"她一边拢着头发说，"我头发这么乱，怎么好看？"

"你们来观光几天？"马善行想知道他们的身份，故意肯定着问。

"不一定。如果好玩就多玩几天。"宫入也谨慎地敷衍着说。同时心里更佩服马善行的精明。

镁光灯又闪了一下，马达母谢才透了一口气敢动。

就在马善行想借个理由脱开的时候，王设计师从门口的屏风探头进来。

"对不起，有人找我来了。"马经理客气地向日本人说。

"请便。"

他很快地离席，向门口走去。

"马达母，请再给我们两杯酒。你有事情去忙去，我们两个随便聊聊天没关系。"

"真抱歉，今天刚开幕，小姐忙不过来。"她很纯熟地伸手一铲，就把两只高脚杯铲在手上。"我去替你们倒酒来。白兰地？"

"哟，一样。"

马达母谢一走开，宫入马上把椅子拉近冈本说：

"喂！我觉得这是可报道的题材。"

"不然我拍照干什么？"

"不过要做这个报道，起码得要在这里泡上一个礼拜。并且单单泡在这个地方还不够，我们还要一个人泡一个小寡妇才能深入。"

"写文章的理由特别多。"冈本笑着说，"嘿嘿，当心越南玫瑰。"

"在越南西贡的玫瑰苗圃就没出事，这里你放心好了。"宫入说着，转为认真地说，"据上午那个美国朋友说，他们还有公寓之类的事，所以我们非得这样不行。"

"我摄影的部分,一个礼拜足够的。看你写文章的人怎么样?"

"我们必须在今天晚上,就拟定报道计划。"

"不过,这个开销一定很大。比我们在越南做的任何报道的成本都大。"

"但是比在越南的森林里安全得多,还有香艳的罗曼史。"宫入又是先笑后严肃地说:"这个报道的价值,并不会比我们过去的报道差。以前我们所报道的是战争的正面,这是战争的侧面。"

"你好像怕我不同意。"他苦笑着说,"还用说这些吗?"

"冈本!别扫兴啦,干吗这样解释?我们在枪林弹雨里面合作一年多了,拿这个和我们的成绩来做基础,还有什么可怀疑?"宫入知道冈本有点自卑感,过去国内对他们的报道有些评论的时候,被称赞的都是宫入的文字部分,图片部分就少被提起。宫入一想,他说:"我们的报道没有你的照片,就像是早前患小儿麻痹晚期半身不遂的东西,毫无灵活可救,也不生动,也是遥远的,也是瞎子摸大象……"

"好了吧,好了吧。"冈本连苦笑也笑不起来了。

这次他实在是冤枉,他一点都不抱怨什么,怎么一下子让宫入这样辛苦地滔滔不绝地安慰起来呢?"我看我们都太累了,休息一下好吗?看,我们的酒来了。"

马达母谢端上酒来。

"对不起,怠慢了。方式一改,连我自己也忙昏头了。"她指着柜台,"那里几个小姐有事,我去一下。"

"马达母,请便。我们今天正好想单独聊聊天。"

"你不想请小姐喝杯酒?"

"会的,会的。"宫入连忙说。

马达母谢走了。宫入端起杯子说:

"来!我真糟糕,我们喝一口。"

冈本喝了一口把杯子放下,赶紧握好照相机,看宫入又喝一口,才把杯子拿开口的瞬间,嚓,镁光灯又闪了一下。

"你拍我了?"宫入笑起来了。

"嗯。"冈本一边说一边把胶卷扳过去。

"要是我们这一篇报道,能有我们得奖的那一篇《喂!军曹先生不要哭》的水平就好了。"他并没看冈本,有一点像跟自己说话,但是声音不小。"不然像

《九岁的战士》也不错。"冈本的镁光灯又对他闪了一下。他这一次无动于衷地继续说:"我看很可能比我们过去的都好。你的照片会比过去的对象稳定,好把握得多,是不是?"说到这里才看了冈本。

"你有把握的话,我不会有问题。"

"UPI[9]会有兴趣。没关系,AP[10]也对我们满有信心的。我们回到饭店讨论一下,然后挂电话把我们的报道计划告诉他们,看他们要不要。"

"先给UPI。"

"好吧,就这么决定。我们走。"

"标题就叫《小寡妇》?"

"很好!"

两位日本人走了。马经理跟王设计师,还有马达母谢三个人就坐在这个空位,讨论改变装潢的种种问题。马达母陈,从里面拢拢头发整一整衣服,带着慌张的脚

---

[9] UPI:合众社,是合众国际社(United Press International)的简称。美国的第二大通讯社,也是美国著名的商业通讯社,是由著名报人斯克里普斯于1902年创立,并于1958年与赫斯特创办的国际新闻社合并而成的,总部设在华盛顿。

[10] AP:美国联合通讯社,简称美联社,是美国最大的通讯社,国际性通讯社之一。

步到酒台,看了看,看到马经理和谢,急忙地走过来,开口就说:

"不行,不行,有了屏风,他们都不规矩起来。"

"我们正在说哪。"马达母谢说。

王设计师望着马经理笑。他觉得正在谈屏风的不适当,马善行虽然积极地就要拿掉,但对屏风原有的构想,他还想有所辩护时,吃到屏风的亏的马达母陈,那么不谋而合地介入他们的谈话,作为有力的例证。

"马上就改过来。"马善行自己难堪地说。"请王设计师来,就是为这件事。其实屏风本身并没有什么不对,问题出在小姐的水平……"

"嘿!干这样的活的小姐,你还向她求什么水平?"马达母谢笑着说。

"我是说她们的程度。"想了想再补充地说,"英文程度也是。"

"要是她们有程度,她们就不来干这个了。"马达母谢的话,除了经理,其他人都笑了。

马善行觉得无法跟她们沟通,心里一股纳闷,很清楚地意识到,从开始到今天开幕,到刚才,一直高涨兴奋的心,现在已经下沉了。

"我一开始就把她们估计得太高了。"他本来并不想说出来,只是心里那么想罢了。

"本来就不应该把她们看得那么高的。"姓谢的说。

这一下马善行总算把话抑住了,本想说,"你们两个就不错啊。"跟这种人扯不会完的。这么一想,把话题拉近,对王设计师说:"现在知道了吧,屏风是非去掉不可。现在我不但觉得有碍小姐们当蝴蝶多赚几杯酒,还觉得很低级。晚上赶夜工,把原来露西的吧台恢复,台边的凳子,还有屏风去掉以后的灯光。另外是不是需要加几盆小树,都看你了。"为了表示尊重,他向她们两位尊存[11]了一下:"两位马达母有没有意见?"

"会不会花很多钱?"马达母陈急忙地问。

"东西差不多是现成的,不会啦,王设计师是不是?"王笑笑,马善行接着说,"要很多钱,我们也不会给他。"

"打烊以后不是还要开会?"

"开会。反正这些必须改的,开会的结论也一样。

---

[11] 尊存:闽南方言,意思是尊重地咨询。

并且开会还有其他的问题讨论。现在就先让王设计师回去准备。"然后对王说，"十二点准时来哦。"

他搭着王设计师的肩膀，送到门外，为的是不想留在那里跟两位马达母纠缠。王走了之后，他留在外头自己检讨，掏出小记事簿，把想到的问题记了下来：

一、屏风去掉，吧台复原。灯光、盆栽看情形。

二、小姐的衣服，花布扣保留，布扣一律改拉链或是套扣，一拉就开，很方便。

三、小姐的中文名保留，但恢复用过去的洋名花名。洋鬼子叫不来。笨！笨！

四、洋人喜欢跟小寡妇一起拍照，她们的打扮还是能引起他们的好奇。如有照相机免费拍照，洋人隔几天来取，因此可多拉一次生意，一杯酒也够本。

五、小姐不能完全变成蝴蝶，她们有怨言，屏风去掉后，能不能成为蝴蝶，看她们自己。我的责任可卸了。

六、小寡妇的英文会话能力，是本Campaign的一大致命，但愿不至于那么糟。加强？往后看看再说。

七、原有的计划的精神，失去多少？已显示出我的理想主义的贫乏了。

写到第七点,马善行突然感到很不安。他收下小簿子,决定晚上的会议,提出前面的六点,自动先做检讨。他点了一支烟,深深地吐了一口气,往两端的街头看。同业的霓虹灯,和理发店的市招电动灯最生动。但是他走过对街,拿自己小寡妇的霓虹灯和大灯笼,跟别人的做个比较,他感到很安慰,在这条街来说,可算是最生动的一个。很多的路人,或是出租车里的乘客,经过那里,他们都会转头注目。

他站在那里,欣慰地念着灯笼上的字:"小寡妇"。把烟蒂弹掉,似乎信心也回来了。

We Shall Overcome[12]

会开了。过程中虽然受到林姓的股东反对,但是

---

[12] 歌名的意思是我们将超越自己。1963年8月23日,著名的黑人人权领袖马丁·路德·金演讲《我有一个梦想》。随后,在华盛顿举行的近二十五万人参加的民权示威游行中,Joan Baez 振臂高唱,演唱了"We Shall Overcome",这首歌曲随即成为永恒的经典,也成就了民谣摇滚在音乐领域的影响和最初的民谣精神。

由于事先疏通了两位马达母,加上黄总经理一向就赞成他,总算是三比一,最后就得到如他事先所预期的结果。王设计师的工作,到第二天中午以前,也算完工了。

马善行为了答谢两位马达母的支持,和做更进一步笼络关系,中午请她们到统一的牛排馆吃牛排。据马达母说,公司的营业额比起来,比以前好多了,但是因为是新开幕,不能以这做凭准。小姐们的收入,大部分还算满意,除了几个打烊后还没抓到人要她们陪的,少赚了夜渡资和一些酒钱,而有所怨言。

到了四点半,晚梯次的小寡妇也到齐的时候,虽然已有几个美国兵在喝酒,马经理把早晚梯次的小姐,暂时不具形式地集在一边,把昨晚开会的决定,向大家宣布。当时许多人听了之后,大部分的人都高兴得叫了起来。她们一时都觉得轻松。马善行听在心里,像受到了很大的批评。不过,他还是愉快的。

这天,差不多晚饭过后,生意就开始热闹起来。据小姐随时告诉马经理,他们很多人都是看了报纸广告,慕名来的。也有几个是前一天的老客,或是听人介绍,这些人一进来,都会先惊讶一下,然后问:

"你们又改了？屏风呢？"路易士官长就有点失望。

"改了。"阿美说。

"屏风不是很好吗？"

"你喜欢有屏风？"阿美俏皮地说："你当然喜欢啰！"

"为什么不？"路易因为受到一整晚的小成功，第二天的兴趣更大。这天来小寡妇找阿美，算是约会。因为他们约好隔天再见面的。只是路易早来了两个半小时。

"你怎么来这么早？"

"没有地方去啊。"他走到偏僻的角落的台子坐下来。"早来看你不好？"

"喝什么？"

"威士忌加冰块，你也来一杯。"

"这么早我不要威士忌。"说着就往酒台走去。

路易抚摸着自己的下巴，望着阿美的背影，回味一整夜的春梦，同时又想到隔日得回越南，因此对这晚的寄望很大。

"嗨！"从别的台子飞过来的小雀，向他打个招呼。

"嗨!"

"你一个人?"

"嗯!我一个人。"

"要不要来一杯什么?"

"有了。阿、阿,"路易说不来阿美的中文花名,"她去拿了。"

"准备在台北留几天?"

"明天就走。"

"噢!多可惜!"

"为什么?"路易有点受到安慰的感觉。

"给我们多一点时间,可能我们会变成好友。"

路易听起来更乐了。

"请问你的芳名?"

"小雀。"然后又说,"是小鸟。"

"有意思。请你喝一杯酒,小鸟。"

"谢谢。"

去掉屏风之后,小姐们像蝴蝶在台子间穿梭,一会儿这里,一会儿那里,飞过来,飞过去,笑颜常开。像小雀说的几乎是一样的台词,没一下子的功夫,路易就请她喝一杯；她只要随便去碰一下果汁之类的杯子，也算赚了一杯酒钱。吧台那里客人并不算挤，但是看来也坐了一排。吧台里面有几个小寡妇招呼着他们。隔着吧台，男的朝内，女的朝外，一排望过去，像是很受宽赦的囚犯在会家人。阿美去替路易弄一杯酒的时候，随便跟其中一个孤坐在吧台的顾客搭讪了一下，也获得一杯酒。

这很显著地因为道具的改变，使生意的态势发生了变化的事实，在马善行的个人的经验上，还是第一次。他拿出记事簿子写了一些字：

有了屏风，就产生屏风文化，在这样的天地里，屏风隔成一男一女的小天地，小寡妇被缠在茧里，不易蜕变成蝴蝶，促成男的欲念在短时间内急于实践。去掉屏风，小寡妇个个成蝴蝶。

他写到这里，马上想到学建筑回来的金。他说建筑的形式，会改变人的生活形式。比如说现代的公寓的设计，毫不考虑祖先的神位，一味仿照西洋的仪式，结果住进去的中国人，从此就不拜祖先了。公寓文化。马善行觉得自己十分矛盾。他既然不顾一切想挣一点钱，竟然想到公寓文化时，还会感慨起来。

"马经理。"马达母谢走过来说,"你好像又有什么好的Idea。"

"没有,你觉得今天怎么样?"

"你没看到小姐们个个都那么高兴?我们会不会赚钱,看小姐的脸孔最清楚了。"

"我相信。"马善行笑着说,"你跟昨天那两个日本人聊那么久,聊些什么呢?"

"他们要我给他们介绍两个小姐……"

马达母还没说完,马经理打趣说:"小姐那么多,看他们要几个,还用得着你替他们介绍?"他觉得他对马达母谢的感觉很怪。有时觉得对她很厌烦,甚至于恶心,有时就觉得禁不住她的骚味怦然心动。此刻即是这种感觉,所以才故意这么问她。

"你是装糊涂?"她使着勾人的眼神看他一眼。

"呃!我明白了。"他望着日本人的台子,"你介绍了白梅和阿金给他们?"他看到白梅和阿金在那台子陪日本人坐。

"嗯。"她又说,"日本人说我们为什么要把屏风取掉?他们说很喜欢我们有屏风的那种样子。他们还说我们的屏风很好看,想拍一张照片。"

"拍了没有？"

"冈本说明天要给小姐们照相，希望能把后头的那一扇屏风，搬出来一下，让他拍。"

"明天？"

"他们说可能要住一个礼拜。"

"日本人现在也蛮有钱啦。"

"我们做不到日本人的生意。他们喜欢上北投温泉。"马达母谢笑着说，"好有意思。日本人喜欢上北投，美国人喜欢上我们这里。"

"对！"马经理觉得她说得很有意思，他笑着说，"对！我以前怎么没想到？"

"你看到6号台子没有？就是日本人的旁边那个台子，"她眼看向那里，"那两个娃娃兵好好玩，一个叫汤姆，一个比利。他们不会超过二十岁，最多十九岁吧，爱充大人，小姐喜欢逗他们，酒量蛮大，据说喝了不少了。"

"还是不要把人灌得太厉害了。等一下烂醉，账付不清，吃亏的还是我们。"

"这个不会了。以前我们也避免这样。"马达母谢向6号台子一招手，桂香就来了。

"我交代她一下。"

"不要把两个娃娃兵灌泥了。"马达母谢对靠过来的桂香说。

"我知道，不会了。那个比利我们不让他多喝，他自己强要喝，现在有点醉。汤姆就比较好。他喝得不多，他爱讲话。"桂香说，"汤姆晚上要跟我在一起。比利要菲菲。"

"你大概不想多赚几杯酒，吧台这边和2号台，都不想去走动走动。"

"有啊，我刚才就去了，怎么没有。"桂香说着转头又回到汤姆的6号台。

"火鸡母叫你去说什么？"菲菲问。

"叫我们不要把这两个娃娃兵灌泥了。"

"话都由她爱怎么说就怎么说。一会说我们不卖力催客人多喝几杯，一会儿说我们不要把客人灌泥，说来说去都是她的话。"小燕说。

"管她说掉了下巴。"

"下巴啦不啦不下。"汤姆听不懂她们在说什么，学着她说话的样子，然后问，"你们说什么？"

"我们说，我们三个要做你们两个的大姐姐。"

"噢！不行，不行，做我们两个的小妹妹还差不多。"

"小弟弟，可要听话！"桂香玩笑着说。

"对，我要听话，我要听话。"喝醉了的比利，本来趴在台子上，听人家乱哄哄叫，他也抬起头，叫得害小姐笑得好开心。

菲菲抱着比利摇晃的头，笑着说："我的好弟弟，"吻了他一下，看他还是晕乎乎的，就是说道，"我再倒一杯冰水给你好吗？"

"比利！你真差劲！"

"为什么？"比利才不认输，他对菲菲说，"我再要一杯酒。"

"不行呀！比利。我去拿一杯冰水。"菲菲说。

"我们几岁了？怎么是她们的弟弟？"汤姆也晕乎乎的。

"我要酒！"比利醉醺醺地说。

"你几岁？"桂香问汤姆。

汤姆赶快拉开他的胸扣说：

"你看看我的胸毛猜我几岁？"

这一下，害桂香和小燕禁不住大笑起来，还引起别人转头去看他们。比利不知道人家笑什么,眼睛想睁开都似乎不容易。其实,汤姆也半醉了,他一下子也不知道她们为什么笑,还是桂香伸手去拉他的内衣时,他才意识到能掀开来夸耀一番的胸毛,还罩在圆领套头的内衣里面。他低头赶紧把内衣拉上来,叫:"看!"这时候,桂香她们更大的笑声,和镁光灯一闪同时爆出来,旁边的日本人冈本,马上接着所有的活动突然因为亮光闪耀而停止的瞬间,叫着说:

"对不起!我的镁光灯走火了。"

大家看到他很不好意思似的,从台子底下,慢慢把照相机拿上来。他希望别人看到这个过程,好让人以为照相机是在台子底下走火闪光的。其实,他是事先预谋,怕别人不高兴,所以采取低角度往上拍了汤姆他们。他假装相机故障,放在台子上翻来翻去,嘴里还小声地嘟囔着:"对不起,对不起,对不起。"除了宫入,同台子的两位小姐也还以为是真的。

桂香替汤姆把掀开肚皮的内衣拉下来。

"好了好了,我全看到了。"

汤姆一时得意起来了。他说:"你们知道我跟比利两个为什么得到假期来玩的吗?"停了一停,又说,

"我们两个打死了三十二名越南兵！"

"格格格格……"比利摇晃着上身，学着冲锋枪的声响。

"三十二名越南兵？"小燕不是不相信，也不是相信。只是这个时候，突然这么听说，而随着复诵罢了。

"嗯！不信你们问比利。"

"格格格格……"比利又学着枪叫。

"越南兵是什么样子？"桂香好奇地问。

这一问，汤姆一下子也说不出来。停了一下子，他说：

"越南兵，越南兵很像他们的老百姓。他们没有制服嘛，穿得跟老百姓一模一样。"

"你们会不会打死了老百姓，说是越南兵？"

"不会吧?!"汤姆沉思了一下，"那个沼泽地区是越南兵经常出没的地方。情报官说他们就是越南兵。我想他们是的，他们是越南兵。"

菲菲端了两杯冰水，一杯给汤姆，一杯给比利送到嘴唇，让他咕噜咕噜大口地喝了下去。在他们喝水的时候，桂香告诉菲菲说他们杀了三十二名的越南兵的事。菲菲也很好奇，她说：

"呀！你们两个好幸运。当时打得很激烈吗？"

"没有。那个沼泽的地方，越南兵经常在那里出没，所以我和比利一看到他们走过，马上就打……"

这次比利不但嘴巴格格叫响，手也像端枪的样子架起来。

"你们两个哪一个杀得多？"菲菲问。

"我猜比利比我多。他最先开枪，最后收枪。比利一定杀得比我多了。"

"好，庆祝你们杀了越南兵，干杯。"小燕举起酒杯敬酒。

汤姆一看没酒，叫着说：

"好！再来一杯酒。"

"不要啦。小燕，叫他喝水好了。"

比利像近视眼在找眼镜，在台子上面一边摸一边也跟着叫："我的酒，我的酒呢？"

"再给我酒。"刚才喝的酒，好像现在才开始作用。

"汤姆，不行呀！你喝多了。"

"我有钱。我家里是开螺丝工厂，现在也做子弹。我有钱，我要喝酒。"

"汤姆、汤姆、汤姆。"桂香摇摇他。"你说今晚要跟我回去。喝醉了怎么可以呢？"

"我要喝酒。我要……"

"汤姆！"桂香想，这两个一道喝醉了，等一下算账就很麻烦。她可以看出来他还不至于像比利。她说："汤姆，你要不要我爱你？你不听话，我不带你到我家里去！"

"OK！我听话。现在就走。现在就走。比利，快一点，我们现在就走。"

"去哪里啊？"比利问。

"你上菲菲家，我上桂香家。咱们今天晚上还是邻居哪。当心吵我。"

"走！"比利挣扎着站起来。

"等一下。"菲菲把比利按回座位，"我还没告假，我们账也还没算。"

"多、多少嘛？"比利掏出此地美军服务中心发给他们的小册子给菲菲。

"比利，你醉了。你看你这个是什么？"

"哦，哦，这不对。钱在这里。"比利伸手去掏钱。

"比利,我先付,明天我再跟你算。"

"汤姆,你是我的好朋友!"比利说着,重重地拍了一下汤姆的肩膀。

当桂香她们去弄清账,和去向马达母告了假之后,汤姆和比利飘飘欲仙似的站起来,他们一个搂一个,其实是小姐撑着他们。这时候,一直闷在屋子里流不出去,也流不断的音乐,突然轮到美国民歌歌唱家Peter Seeger颇具煽动性的歌声,唱起"We Shall Overcome"来。汤姆和比利更兴奋起来。他们曾经在国内示威游行的时候,就唱着这支曲子,还泪流满面哪!此刻他们未必想起来。但是在此时此地跟这支曲子的重逢,确实令他们情绪高昂了。所不同的,那时却有个理想的目标,而这晚,他们的意志却交给血管里的酒精去泛滥,酒意爱唱着玩,只要嘴巴一张开,歌也就流出来,本来Peter Seeger就不管人家高音低音,不管是否荒腔走调,他总是站在群众的面前,鼓励群众:

唱呀!唱呀!
我们一起唱呀!
谁管他的声音是破锣破鼓破风箱。

你的声音就是我们的希望！

唱吧、唱吧！

唱吧！……

汤姆和比利，就真的那样被印象中的一些记忆怂恿，从台子后面一边走，一边放声地跟着歌声唱起来。小寡妇的屋子里，所有的来客，都看着他们。看他们两个，有点斜靠着穿中国服装的娇小女孩子走路的样子，像是腰部受了伤，走起来一凸一凸地，大家不禁发笑，同时看到他们两个，不管一个牛腔，一个马喉，哼喝着唱，也觉得天真与可爱，而报以善意和愉快的笑声，正视他们。这几乎是胡闹的场面，但这声色的气氛中，却多少有一点点授受注目礼的庄重和严肃。汤姆和比利也望着旁人，跟人笑，有些人还伸出右手，比着V字向他们摇一摇。

台子间有人小声地说：

"昨天好像在服务中心看到他们。"

"是哪一个单位的？"

"好像是Green Baret。"

回到公寓，比利一看到床，一下子砰然倒下，不管睡得有一半垂到床外。任凭菲菲怎么叫他、摇撼他都不醒了。害她替他剥掉外衣，脱大皮鞋，再把他那垂到床外的下半截身体扶到床上摆好，这样已经让菲菲累得冒汗了。

菲菲拉了一条毯子盖着比利，心里还以为他顽皮，故意刁难她。她贴近比利的脸，仔细地看着。比利微张着嘴呼吸很均匀。看他睡得那么安详，也就无法怀疑他恶作剧。这时候，菲菲也意外地感到自己心里的一片宁静。只是她不可能知道，这片心里的宁静，是由于看到比利清秀的脸庞，那么安详地枕在绣花枕上所形成的。这种宁静，使菲菲觉得太清醒而不安，有一点不知道做什么好？

她拿起电话，拨了一串号码。

"桂香，是我！阿菲啦。"

"阿菲，什么事？"

"比利睡得像死人，我一下子没事干，好无聊。你们还没睡？"

"别吵！是菲菲啦。"

"什么？"

"没有，汤姆在旁边吵，我叫他不要吵。"

"我会不会吵你？"菲菲问。

"不会，汤姆醉了，现在吵着再喝酒。"

"让他多喝一点，像比利那样。"菲菲一直望着比利，本来说像比利那样摆平他，但是比利的样子实在引起她莫名的感动。她说："叫他多喝一点，像比利那样乖乖地睡着。"

"不行，每个人喝酒的个性不同。我看他也快累了。"她忽然叫着，"汤姆，不行！"

"他要干什么嘛？"

"穿我的睡衣。你等一下……"

菲菲听到桂香叫，汤姆的声音一会儿大，一会儿小地唱着"We Shall Overcome"。

好像是在屋子里绕圈子让桂香抓他。

"嗨，菲菲。"是汤姆有点气喘的声音。

"唷！汤姆，你别顽皮了。"

"比利这小子怎么了？"

"比利是乖Baby，早就睡着了。"

"你过来我们三个人一起睡。"

"你不怕我告诉比利？"

"真是小孩子。"又变成桂香的声音。

"睡衣还你了没有？"

"我拿在手里。"菲菲还听到汤姆在唱那支曲子。

菲菲望着比利。她说：

"真的像小孩子一模一样。我们的小孩子还不是一样，醒的时候，乱七八糟，睡着了才觉得他们可爱。"

"阿菲，我不能再跟你讲下去，再不理他，等一下房子会被翻了。"桂香说着，把电话挂了。

菲菲挂上电话，心里又觉得无聊。她拿起电话拨到小寡妇店里。

"小寡妇——"一个男人的声音。

"马达母在不在？"

"你是哪一位？"

"你是马经理呃！我菲菲啦。"

"有什么事？客人怎么了？"

"没事。客人睡了。"

"有没有照我教你们那一套做？"那声音显得很得意。

"有啊！"

"不会错吧。尽量让他觉得像去普通人的家庭那样，你当然要像才死了丈夫的家庭主妇……"

"知道了,像小寡妇。"她心里却诅咒着说:"这个盖仙⑬经理。"

"要半推半就才行,什么都让他一下子得到,损失是你。还要注意小动作,每一个小动作都是爱的表现,像掸掸他衣服上的头皮啊,或是像他在说话的时候,突然打断他的话,叫他坐着不动,然后很故作神秘地看看他,然后莫名其妙地抱抱他,吻吻他,诸如此类的小动作,一定帮你发财。还有……"

菲菲心里想,不翻他的盖,他倒是盖乐昏了。

"经理,现在生意怎么样?"

"你说嘛,怎么会差?现在你能回来?包你赚上十杯酒以上。"

"怎么可以离开?"

"当然不行。我只是说现在生意很好。哦!你等一下。是菲菲,马达母跟你说。"

"菲菲,什么事?"

"没什么事,比利醉倒了,一时无聊,跟你挂电话问问生意。"

---

⑬ 盖仙:闽南方言,喜欢吹牛说大话的人。盖,吹牛皮。仙,表示成了仙。

"生意不错。"

"马经理说了。"

"他还跟你说什么?"

"没有啊。"

菲菲听到对方干咳了一下,然后小声地说:

"喂,阿菲,他需不需要?"

菲菲一边听电话,一边一开始就望着比利,比利那种熟睡的样子,令她愈看愈讨她喜欢。所以听到马达母的话,感到厌恶和残忍。她也很奇怪自己,会产生这种从没有过的感觉,尤其是对一个美国兵,竟想那么保护他。

"我看他不是那种人,人家才一二十岁……"

"我也猜他可能不需要。你那里还有没有货?"

"有啦。"不耐烦的。

"三样都有吗?"

"有啦。"

"哟,私下要换美钞找我啊!不要找她。不要忘了。"马达母谢所谓的她,就是指陈的。这时候她才大声说:"好了好了,有人要用电话,挂断吧。"

菲菲放下电话,眼睛没离开比利,她凑近他,看他白白的皮肤,挺挺的鼻子,长长的睫毛,红红的鬈发,她感动地观赏这个唾手可得的美男子。马经理在训练她们小寡妇的时候,曾经说:"……美军里面是藏龙卧虎的团体,有博士,有工程师,有生意人,有艺术家,电影明星咧!"然后稍以泄气的口气接着说:"当然,流氓无赖也不少。看你们的运气啦,你们遇到好的,像电影明星之类的,你们揩揩油,多消磨消磨他。谁说当吧女不好?遇到了流氓无赖,也没便宜了他们,要酒要肉照价收钱。不过他们绝大部分不会吐露出过去的身份。有一个办法,这个办法可以大略来判断是不是电影明星。如果你看长相很好看的,那八九不离十是电影明星了。嘿!你们不要笑。你们看好了,往往那种你们看起来很帅的美国人,跟你们在电影上看有什么差别?有的还比你们在电影上看过的还好看多咧。你们说是不是?要是他不是电影明星,那是电影的星探瞎了眼,不然就是他自己不喜欢干明星,哈哈哈……"

不知觉的空虚和寂寞,使她望着比利,产生了许多幻想回忆。这叫她想起前不久的一个叫乔治的美国兵。那时她在露西酒吧,就是小寡妇的前身。乔治连续来喝过两次酒。最后那个晚上,菲菲已经答应寄养在新店奶妈家的小雄，晚一点去看他。因为妈妈说小雄发烧没退，一难过就口口声声叫妈咪。她听了好难过，决定这晚想提早两个小时告退，去看小雄的。但是乔治一定要菲菲在这一晚陪他。谢绝了他，他却很有耐性纠缠，她跟当时的马达母商量说：

"我从后面跑掉好不好？"

"这怎么行？人家已经知道你可以陪客，你跑了我店被人翻掉了，还有什么话说？"

"但是……"

"唉！自己的小孩子，跑不了的，什么时候看他都会在。"

"他在发烧啊！"

"发烧是小事情。人家捧你场，请你多少杯了？去、去、去，答应他。现在时间还早，到打烊还会请你多少杯哪！"

她回到乔治的台子。

"OK？"

"对不起……"

话没完，乔治生气地说：

"你以为你是什么东西呢？要不是我来度假，我能在这里待久一点，凭我的样子，我要你们这里的处女都不难。你算什么？我敢说我有时间在这里的话，连大学的女生都会喜欢我，甚至于不要花钱……"

乔治确实是一个年轻又长得挺帅的美国青年。菲菲想："他说得也是，很多街上的女孩子，一手抱书，一手挂在外国人的腰，一道泡咖啡厅。我跟那抱书的女孩子怎么能比？不过，乔治帅是帅，就没有比利帅。"这么一想，她真的要像马经理说的那样，揩揩油，消磨消磨他了。她觉得真的要为自己做一点娱乐而喜悦起来。大概要提高自己的一点什么时，就必须对即将和自己达成一种关系的东西，或是一个人，把他奢侈化吧。她觉得单单让比利好好躺在床上休息还不够，连忙去揉了一条毛巾，是她自己用的毛巾，很细心地替熟睡着的比利擦脸，把他的头发往后拢，擦他高高的额头，顺着眉毛的剑脉，左右梳擦，轻轻地抹他的鼻子，她越觉得比利的好看。同时也想起乔治的脸庞。乔治是比比利差一点，但是也不错的，她想。

那时候看乔治生气，反过来想，也是爱她爱得可怜。因此也就答应了。心底里还是多少带有对美少年的一种寄盼，希望能得到一点什么。这晚，望着比利，她觉得浑身不自在。梳洗好自己,她悄悄地挤进比利的毯子,编织着生活以外的生活,等待比利的眼睛睁开。

同这个时间,桂香那一边也安静了。只是半个小时前,桂香告诉汤姆说:"你着魔了?快不要唱那支歌了!"汤姆一听到着魔这个词,一下子变成两个人似的,从一个天真烂漫的小孩子,变成一个郁郁不乐的老人了。他像是自言自语地说:

"着魔。我一直唱着?"

"从酒吧一直唱回来,到现在。你怎么了?"

"给我一杯水,让我吃药。"

"汤姆,"桂香惊讶地望着,"不舒服?"

"没有。快去拿一杯水给我。"

荷西就是唱着这一支曲子的。汤姆很不愿意想起旧金山预备营的事。但是这无法由他,所以一听到跟那一件事有关的什么,并且,跟着魔连在一起,那个记忆跟自己的意志挣扎起来了。

阳光很热,是吃过中饭的时间。汤姆躲进哨岗亭站卫兵。这天嬉皮没来在铁丝网上结花,突然觉得很无聊。就在这时候荷西远远地唱着歌,向门口走过来。

"喂!骡子荷西又来了。"汤姆兴奋地向对面亭子的卫兵说。

"今天他可失望了。嬉皮们没来。"

荷西有两次逃兵的纪录,当嬉皮来铁丝网外示威的时候,他就跟人里外呼应起来。他不怕关禁闭。关禁闭的事,正中他的心意,他反越战,他根本就不想到越南。

"嗨!荷西。今天你可寂寞了!据说他们在公园里摘花。"

"是啊。我好寂寞,让我去公园找他们。"

"别开玩笑了,荷西。"

"别太神气了,好吧?"说着,荷西已经踏在门外了。

汤姆有点不高兴,但还是忍着,和气地告诉他说:

"你去拿假条来,我一定让你过去。"

"你也知道,我们随时随地都要拔营了,哪里要得到假条?好吧,让我出去。"他一边说一边走。

汤姆急着去把他拉回来。对面亭子的卫兵看得哈哈笑。汤姆忍不住地说:

"滚回你的猪圈去!别在这里触我的霉头。"

荷西什么话都不说,站在那里唱起歌来,就是那支

"We Shall Overcome"。汤姆拿他没办法的时候,正想挂电话,叫人上来带他回去。荷西竟一边高唱,一边踏着正步向营外开步走。首先,汤姆以为是荷西自己耍猴子,但是看他走了十多步还继续,汤姆一急,跑出去捉住他。

"荷西,你被捕了!"汤姆紧紧抓住他的衣服。

"真不够朋友。"荷西毫不在乎什么的调调儿。

对面亭子的卫兵笑得更厉害。

"朋友是朋友,你现在是我捉到的逃兵!"

荷西出其不意,用力甩开汤姆的手,拼命往前跑。

"荷西!"汤姆叫着,把枪端起来,"你再跑我可要开枪啦!"汤姆疯狂地喊着。

"砰!"这一声枪响,把恹恹地淹在燠热的兵营,震惊起来了。荷西倒下来,抽动几下,就没再动过,那一刹那汤姆突然觉得,所看到的东西,什么都透空,而蒙着一层昏暗。

一听到桂香说:"你着魔了?快不要唱那支歌了"的感觉,就跟当时的那霎时是一样。

桂香把清水送给他。他把白药片放进口里,喝一口水就吞下去了。

"那是阿司匹林?"

汤姆点点头。其实是LSD[14]。不多久,汤姆就像小女孩子咻咻地哭泣起来。他处在一个色彩鲜艳,而没有节奏的缓慢的幻境里。实际上他的脉搏也微弱起来。他像一只青蛙趴在床上,泪水和鼻涕流了一摊。

他看到荷西浓浓地涂抹了白粉底的脸,照着他傻笑。然后看到他的脸往后,往后,一直往后退。他觉得他在追这一张脸。荷西的脸退得很慢,像被摄影镜头捉住,而由镜头控制着他,很缓慢地做Zoom-out的运动。他那么尽力地追着他,却始终追不上,而觉得他离他越远。他焦急,他叫嚷,但听不见自己的声音,更焦急。他举枪。好慢好慢,扣了扳机,枪没响,但是一颗黑点,从枪口慢慢地冒出来,慢慢地离开枪,慢慢地向前飘去。这时荷西的那张脸,反而也慢慢地向子弹压过来。黑点在白脸的外边向白脸慢慢地接近,白脸向黑点迎过来。黑点跟白脸的化边成了切点,而又往额头的中央移动。荷西的脸越来越大,黑点更清楚。当荷西的白

---

[14] LSD:一种合成的精神药,在1938年被瑞士化学家艾伯特·霍夫曼第一次合成,而其致幻作用直到五年之后的1943年才被发现。

脸满满地压在眼前,那黑点也飘到额头的中央。黑点似乎没动,但是黑点变大了,变成一黑洞,再变成红点,红红的鲜血慢慢地像花瓣绽开。确实是一朵鲜红的花在荷西的额头开放。荷西又往后缩,头上的花很醒眼。他手拿一枝同样的枪瞄他。荷西的枪冒出黑点向他飘过来。他迎上去。黑点变了方向……

"荷西,我在这里,我在这里……"

"谁是荷西?"桂香问。

因为桂香问也得不到汤姆的理应,并且看那种情形,猜测他可能是服用LSD;因为她看过好几个服用迷幻药的美国军人。她只有随在汤姆身边,由这样无可怎么的情形,随其发展了。

第二天,他们都起得不早。但是两个人又变成两只快活的小鸟。比利和汤姆都大叫着肚子饿。菲菲跟桂香商量好,去吃完东西后,带他们去哪里玩玩。比利和汤姆一听说她们要带他们去玩,高兴得跳起来叫。

本来到指南宫去烧烧香是桂香的愿望,这天可真的算是借花献佛了,出租车直条条开到山上。比利和汤姆忙着拍照,到这种东方宗教的圣地,什么都叫他们感到新奇。尤其看到带他们来的菲菲和桂香,那么虔诚地烧香跪拜，多少也受了感动。难怪比利很小心地问菲菲说：

"你在拜神的时候，我拍照片没关系吧？"

"拍我和桂香没关系，不要拍别人，他们会不高兴。"

最后菲菲跟桂香买了几个小红布袋的香火，向吕先祖拜了拜，很恭敬地拿在手里。

比利看在眼里，好奇地问：

"那是什么？"

"我不知道英文该怎么说。"菲菲想了想说，"比利，你什么时候离开这里？"

"明天。"

"比利，我说了你不要笑我好吗？"

"当然不会笑你。"

"你明天就要走了，我又没有东西送你，刚刚我向我们的神做了祈求，愿我们的神，也能保佑你。"她有点羞怯地拿出一个红色的小香火袋说，"我这个愿望就在这里面了。要是你肯接受这个东西，我会很高兴。"

"噢！太感激了。"比利很受感动，要不是四周那么多人，真想搂抱她，吻她。跟女性相处的经验，不管是家人，或是朋友，菲菲给他的印象是特别的。从昨晚一直到现在，他始终说不出被一层温暖的东西包围着，想了想，不就是菲菲的体贴的安慰吗？

"菲菲，太谢谢你了。"

"你回到家，最好把它挂在胸前，像项链那样。"

"现在就挂。"比利拿起来就要往头套。

"不、不，现在不要。"她拉下比利的手，"这里有人看。"

"为什么怕人看？"

"你是外国人，他们会觉得很奇怪。"

"我不怕。"又要套起来。

"不是这样。挂在里面。"

比利套起来，把小香火袋塞到内衣里面。

汤姆远远地看到比利他们。他走过来问：

"你们干什么？"

"比利，不要告诉他！"菲菲笑着说。

"有什么关系。"说着把小红袋掏出来，让它露在外衣外面。

"那是什么啊？"汤姆问。

"菲菲的心。"

一九七〇年

一九七〇年，美国总统尼克松，已经有意退出越战。但是此间的酒吧业仍然处在黄金时代蓬勃着。不久前"小寡妇"的店才扩充，把原来的二楼的住家，租了下来，又征召了一批新的小寡妇。他们的经营方式，跟过去的没两样，除了服饰和一些观念，还有马善行的影子之外，在这样大环境的景气里面，他们自然地形成适合生存的经营形式。马善行的那一套，早就不被接受，固然小寡妇还有马经理的影子，那也该是大环境里的一个小生态罢了。半年前，马善行知难而告退了。当时他向股东说：

"你们不必再花高薪雇我了。就像目前这样维持下去，一定没问题。我想去跟人做房地产。"说到房地产，马善行又有一套理论，说得"小寡妇"的股东，心痒起来。他说：

"现在我们的经济起飞，工商业发达，都市繁荣起来了。我们繁忙的加工出口工业，需要人力，因此大批向农村吸收，而造成急速的人口流动。人口一下子都往都市涌到，都市最显著的问题发生了，那就是房荒。所以盖房子炒地皮是最热门、最赚钱的生意，说实在话，表面上资金好像很庞大，其实袖子里自有乾坤，买空卖空，看看保险公司怎么盖房子不就知道了吗？"

马善行的发迹可能证明了他半年前的话。前不久他自己开了一部黑色的朋驰[15]三五〇来"小寡妇"。他看到老同学黄总经理说：

"该想别的了，这个能捞尽量捞。五角大厦的国防预算，快不编你们的部分了。"

其实是玩笑话。黄总经理乍听五角大厦和国防预算，还跟他自己有关的时候，愣了一下。

"我，我们怎跟美国的国防预算有关系？"

"你没看报纸？美国要是从越南撤军，还有什么搞头。"

"我看不那么容易吧？"

"很难说。"

黄总经理和马达母听了以后，心里有点隐忧。但是看生意仍然是那么热闹，实在叫他们难以相信。

这年冬天的一个晚上，台泥大楼顶上的温度计，

---

[15] 朋驰：德国汽车品牌，即奔驰汽车。

正显示出摄氏十五度。有一个披着一袭黑大衣的美国青年，在"小寡妇"的门口徘徊了几趟。他本想挂电话，看了小簿子的电话号码之后，才决定要当面叫菲菲惊奇一下。不管打电话，或是面碰面，哪一种方式都叫这个青年人激动。他心里的那一份感激和感情是没有人了解的。连他的家人也不能明白，有什么谢意，非得飞到遥远的台北，去找人面谢。这是叫讲究效率的美国人所不谅解的。

他站在路旁，想着怎么对菲菲说好？一片金黄的稻田就展现在他的脑里，他们道奇车的搜索班，在田野间奔跑，据情报说越南兵会来抢粮。他们在车上看田里抢收的农夫，在那里忙来忙去。当他们的道奇车跑近另一组农忙的农夫时，突然车子触雷被炸翻了，而那一组农夫，竟从地上端起冲锋枪，向他们的搜索班扫射。他的记忆只到这里。紧接着后头的记忆，却从医院开始。他的同班都死了，还有他的挚友汤姆。

他走进"小寡妇"，在吧台那里站了一下，往四周一看。

"比利——你回来了。"菲菲从一个台子里叫起来，跑了过来了。

比利话都说不出来。

"比利,你怎么了?"她以为比利不喜欢在这里亲热,所以也没抱他。但是看他的样子很不平常,她关心地问:"我们找个台子坐。什么时候来的?"

"菲菲,我、我们到外面走一走好吗?"

"时间不会很久,为什么不在这里面多待一下?"

"我有话跟你说……"比利本来想接着说,"我会哭出来。"但是话未出口,眼睛是湿了,也就说到此。

菲菲看他的神情有点怕。但是比利那可怜的苍白的样子,也来不及害怕了。她说:

"好,我跟你出去。我先去向马达母告个假。"

菲菲去告假,比利站在那里,才开始真正地看看"小寡妇"里面的情形。一年来没什么变动,但在吧台身边加了一个楼梯口通往二楼。

"桂香呢?"菲菲回来时,比利问。

"啊!她在二楼,我去叫她。"她兴奋地说。

"不用了,等一下再来。走吧。"

他们走出"小寡妇"。

"现在二楼也是吗?"

"嗯!"

"那小姐一定又增加不少了?"

"越战越打,我们'小寡妇'也越来越多了。"她现在最急切也有些激动的问题是:"比利,你这次有几天休假?"

"我,我退役了。"

"真的!"她很高兴地叫着,"汤姆呢?"

比利突然停下来,很沉痛地说:"汤姆死了。"

"啊?"菲菲不敢相信,可是看比利的样子,也不能不相信了。

比利放开握菲菲的手,把大衣的另一边掀开,让菲菲看。但是菲菲没看出什么,也没注意。

"我的左手没有了。"

菲菲弄清楚是什么事的时候,露出因为难过而变形的脸,僵住了。比利反而安慰她说:"总算你救了我的命!"

菲菲僵傻地望着他。

"你知道?"比利伸手到胸口掏出那红色的小香火袋说,"我一直带在身上。汤姆他们都死了,只有我回来。我……"

"比利,到我家去好吗?"

"你不回到'小寡妇'那里？"

"不管了！"

菲菲向一部出租车招手。

出租车驶过来。

他们钻进车子。

台泥大楼顶上的温度计，显示出比刚才低了一度，是摄氏十四度了。他们的车子在中山北路，往复兴桥那一端消失了。

原收录一九七五年二月远景出版社出版之《小寡妇》

借个火

爸爸，民族意识是什么？说真的，我不太明了这个意思。

他身上有四个口袋，他摸完了其中的三个，也许他以为四个袋子都摸过了。于是，就断定自己在匆忙与焦急之下，把打火机忘了带在身上。

向来就没有像此刻这样渴想过抽烟。可能这样能帮他做许多事；整理紊乱的思绪，或是能让他起伏不安的心稍稍平静下来。总而言之，现在所感到需要，并不单是像平时做做消遣打发时间而已。没有任何东西在这时候，让他感到比抽烟更需要得了。平时有人说抽烟是一种浪费，他可以同意。不过以现在来说，想抽烟是最聪明的办法。但他未必这样分析，这种需要强烈地攫取他所有的行为，列为最首要的先决条件。

紧挨他坐在同一张椅子上的也是一位中年人，是一位正在发福的绅士。绅士正抽着烟看报。

"请借个火。"他接过绅士的烟引火。"多谢。"把烟递还给对方，他马上把肩膀倚在窗缘，斜转过脸凝视窗外沉思。

绅士接回烟来，眼球还是认真地在社会版的新闻天地里流转不停。他把烟放在嘴上叼着，吸着。突然眉头一皱，即把香烟摘下来仔细地看着：不对呀！烟头上金黄色的圈圈里，还有三个金黄色的艺术字写着"新乐园"。这明显地证明烟是被对方调换了；他一向抽的都是红圈圈里写着"囍"字的。绅士转过头，看着向窗外沉思得像一块木头的他，心里觉得颇有趣。他考虑了一下：自己是否就这样装傻下去呢？虽然这种决定根本不值得他去费心。但要在一两个钟头的旅途中不落寂寞，与受好奇心的驱使，绅士把手上的烟故意拧熄了。

他依旧望着窗外如一个木头人。时而抽烟的动作，像是从别地方伸来一只手，拿烟喂他似的。

"请借个火。"绅士轻声地说。

但他仍然是一个木头人，一动都没动。

绅士有点尴尬地伸手轻拍他的腿。等他转过脸来，绅士把烟一晃说：

"请借个火。"

他改变原来的坐姿，把烟递给绅士，眼睛茫然地钉在前座的靠背上。

绅士把烟点着，同时把自己的烟又换了回来。

他接回香烟，马上吸一口，接着再吸一口，然后，由鼻孔，再由口里喷出烟来，他显得爽朗了一阵。但是他又转过脸望着窗外，抛下躯壳走入自己的世界。在别人看来，那是神秘莫测的。绅士就有这种感觉和失望。他一直都在偷偷地注意他，深以为他会发现烟被换回而露出一点惊讶。可是他什么都不知道。

对号快车飞驰地穿越兰阳平原，于预定的时间即可到达目的地。而他的思维却在另一个时空交错纵横，那是无法预想得到。

上午，他接到康明从学校寄来的限时信，他比康明更急起来。他知道这个孩子的脾气；就是该他上断头台的时候，他也不会十分着急。虽然他可以看完他的信。可是未必完全了解所有的意思。康明的信是这样写着：

爸爸：

真对不起您。说实在话，我一直都在想做一个好孩子。尤其是上次，我同人打架被记了两大过时，看您那么伤心，我就一直这样想，只要您不再伤心，做好孩子是一件坏事我也愿意。但是我又做坏孩子了。

昨天下午两节军训课连着课外活动，据说教官请了假。所以我和同班的几个同学，都跑去看日本片《明治天皇与日俄战争》。事后因有人密告而被学校知道了。因为我已记过两大过，所以要开训导会议之后，才知道把我怎么办。训导主任找我谈过话了，他说我要被开除，并且说我的民族意识太薄弱了，我想这就是要开除我的最大理由。爸爸，民族意识是什么？说真的，我不太明了这个意思。我们导师说最好您能来。我想不必了，开除就开除。我宁愿在家里做好孩子，也不愿在学校里做好学生了。爸爸，您一定不要来。

  祝好

          儿 康明上

  "民族意识"这四个字分别倒可以看得懂。但连接成一个词语，就不好懂了。他猜了好久，始终想不出什么来。当然，那一定和"明治天皇"有关，可能是一件很大的过失，不然为什么会有"民族"两个字？他这样想。他知道的也只止于此。因为以前他只受过小学教育，所以轮到自己的子女时，拼命鼓励他们升学。

他看完康明的信，看看时间，正好可以赶上九点多北上的对号快车。于是，即刻放下店务，匆匆忙忙地赶去台北。

奇怪的是，做父亲的偏心，竟偏偏最疼爱这个不爱课本、经常被学校记过退学而惹来许许多多的麻烦给他的老二。也许这孩子酷像他，其他两位就像多泪的母亲，不但是外形，连那动不动眼眶就红起来，说话梗喉头都妙肖。他讨厌男孩子这样。

距离到目的地的时间尚有一个多小时。这在他的脑际里，是一段漫长的时间，似乎横跨着广大无边的空间，为了康明，他必得继续去做这艰苦的跋涉。他的心神疲倦得有点心灰意懒了。他想这都是因为太为康明着急，要是不去理他，让他被开除就开除，自己就不会这么受罪。康明既然不爱读书，也不必去勉强他，让他回到家里，跟自己学学生意，说不定比他读书更有出息。有些人的前途，往往就是被逼到学校里，然后被学校把他毁掉，康明就是这种孩子，我懂。他就是这样。他这样想着，这个观念令飘浮在半空中的心，渐渐沉着下来。

他开始觉得香烟抽多了，口苦涩，把连着抽的半截烟，往窗外弹出去。他不再是一块木头了。他看到田野的稻秧，绿油油地长着。他突感寂寞。很想能有个熟人和他谈谈话。首先，他告诉他说，不管这一季的冬天是五六十年来最寒冷，春天毕竟是来了。窗外的景物，此刻每样他都感兴趣的，等不及他在心里叫出它的名字就往后飞跑。他把视线抛到更远的地方，毫无目标地索寻新奇的东西。

他望了一会儿，猛然地缩回头，掏出一根烟含在口里，望了望已熄火的邻座，他的双手机械地在上下口袋外拍拍，然后伸手到右口袋里，摸出打火机来点火。他又变得麻木不仁，固定一个焦灼愁闷的姿势，脑子里慌乱地想着：

康明今年十九了，无论如何还是读书才是办法。唉！民族意识薄弱到底是怎么一回事？会不会就被开除？一定要请老师帮帮忙，送给他一点什么东西，或是钱。到台北得先到瑞荣行找老板借一千块……

这是初春的天气，车厢里既光亮又温暖。而他却随着起伏不定的心绪，忽冷忽热。有时感到昏沉沉的，直到台北，直到康明的学校，他都极力地挣扎着。

他在会客室没等多久，第四节课就下了。康明接到通知，一下课就来到会客室。他坐在父亲的面前显得很尴尬；他本以为父亲会严厉地训他一顿，但他并不严厉地责备他什么。当他第一眼看到康明时，他只说："你这孩子！"然后露出疲倦的笑容，向康明打量了一下说："你还是没改的。我看你这一辈子改不了了。以前就告诉你不要把制服乱改。现在看你的，又改成什么喇叭式。你真的那么健忘吗？我曾经把你的这类衣服都剪了，难道你都忘了？"

康明低着头，两手在膝盖间搓来搓去。

"现在事情怎样了？"

康明抬起头看了看他说：

"导师说校长到中部开会，要等他回来才知道。"他踌躇了一下又说，"爸爸，我不想读书了。"

"我就知道你又要这么说。就算读书不是为了你，为的是我你也该读书呀。"他想向他分析分析，但旁边还有别人，同时时间也很促迫，所以他说："以后再说。先到你们导师那里去。"

到导师家找到导师，互相简单地客套了几句之后，他就接着说：

"康明又惹事麻烦了您……很抱歉,我是没读书目不识丁的人,家又离这里很远,请导师多多管教……要是康明不听话,您打他都可以,我绝无异议。昨天的事请导师帮帮忙,拜托拜托……"

他要康明把他的意思译给导师听,康明犹豫着,导师也改用闽南话说:"免了,我可以懂。"

经他百般向导师恳求之下,导师替他想了一些办法:

"现在你们快去找训导主任,去迟了恐怕他出去开会。你把我告诉你的话说给他听。等他回来我再和他谈。"

临走之前,他把预先包好的钱递给导师,他拒绝了。但他并没有反对他把钱放在桌子上。最后他又喊住他们说:

"主任问你的时候,你不要告诉他已经来过我这里了,等他开会回来我再去找他。"

他们又赶到训导主任家。康明很不高兴;他觉得父亲太卑贱了,但又无可奈何。

和在导师家一样,他把那些话重述一遍,把导师教给他的话也说了。

主任似乎很慎重地考虑着。他又把原先准备好的钱掏出来，说是表示一点小意思，虽然主任极力反对。当他把它拿给在旁边玩的小孩子时：主任就没有再表示什么了。他说：

"那么好！你们快去找导师。但是不要说你们来找过我了。等我下午开会回来，我再和他谈谈。"

以他在社会上混过几十年的经验，他知道康明没事了；总不至于开除。出到外面，他笑着对康明说：

"这一辈子我总是欠你的债，我想现在没事了。不过以后你还得小心检点，把高中读完。再去找导师说一说，我今天就要赶回去。"

最后他搭七点五十分开往苏澳的普通车回去。他没遇到熟人同车。他一边抽烟，一边想生意和钱，这些事每天都占去很多时间，自然地逼着他去想。虽然是枯燥乏味，但他的脑子里又想不出什么别的来。身边坐着的是一个戴黑框眼镜的人，他正埋头看一本很厚的书。他有点羡慕这位眼镜，他想他一定很有学问。于是问他说：

"这位先生，请教一下。请告诉我什么叫'民族意识薄弱'好吗？"他对自己这种冒失也感到有点出奇。

眼镜茫然地看了看他。他问他问这做什么。回答说没什么，只是问一问罢了。眼镜迟疑了一下，以为他故意考他，所以不很高兴地说："民族意识薄弱的意思就是不懂得民族意识薄弱叫什么意思的人。"他又把头埋到书本，心里暗暗得意。

他谢了谢眼镜。他似乎比以前多懂得它的意思，也似乎比以前更感到糊涂。反正康明已经没事了，懂不懂总是不重要。他不再去想了。

那么远的路，每一个小站都要停是很无聊的事。前面有一对男女在谈话。他稍侧头注意听他们。

"我已经说过了。我不！"女的说。

"那有什么关系。你就是这样。"

"明天星期几？"

"你说好不好嘛？"男的逼着问。

"……"

他没听出来他们在说什么。但看他们半个头露出靠背上，一下子离开，一下子又挨得很近的那种亲密的样子，令他想得心痒痒的。他独自笑了笑说：怎么不借这机会骗骗太太？明天才回家。他私下决定今晚要在礁溪下车，先洗个澡，然后找一个女孩荒唐荒唐。

到礁溪温泉他下车了。当车开动的时候,他在站台上自言自语地说:"你真的下车了?嗨!"

碧山庄的霓虹灯,在前头眨着眼睛卖弄风骚。他想起谁对他说过的,那儿姑娘最多又齐。

原载一九六三年四月廿九日《联合报·联合副刊》

照镜子

阿本,什么都是命中注定的。

在这个社会,以阿本的贫穷的条件,再加上他四十的年龄,照镜子是一件多么尴尬的事。

但是这天渔会新厦落成的上午,公司的事务股长才急急忙忙准备了一面大镜子,三尺宽、四尺长,题书在两边的红漆字还湿湿的,他奉命马上要送去赶上落成典礼。阿本坐在三轮车上扶着大镜子,事务股长和办公室里的几个同事都好奇地出来看着他离开;好奇嘛,也不一定是;看镜子?也不全是,总是那些人有这点一时连自己也搞不清楚的兴趣,就算是好奇吧!

"阿本——小心扶好镜子!"事务股长的声音和同事们的笑声,从后面追赶过来。

"知道了——不会的。"阿本也回过头大声回答。他一面在心里头诅咒着说:"笑话!我又不是三岁小孩。"

镜子对着他,是他开始意识到镜子里面整个自己的影像时,他心里想这也是两个人坐一部三轮车啊!并没有便宜了这位三轮兄。但是等他的脑子还没有转到别地方之前,他又注意到坐三轮车,而令他感到不安;穷人的自卑,对他本身觉得是件奢侈的事时特别敏感,他沿途都在注意着熟人,而愠愠于怀。

突然,车子碾过一个凸出在路面的大石子跳了一下,车上的镜子也晃动了一下,这下子阿本再也没有时间自卑了。他双手牢牢地抓住镜框,全神贯注在镜子的平衡。他看着,他看到了对面坐着的一个陌生的自己。他明知道那就是自己。但是,他越看越觉得怀疑,是这样吗?哼!是的,你这个没有出息的人。他对自己的影像揶揄。多少在眼鼻之间还可以看到自己,不过整个看起来就怪了。他对自己越感到陌生起来。到后来他变得全然不认识似的,这种感觉在心的深处形成了难以言状的迷惘,像飘浮在虚无间。他不得不为了稳定自己而挣扎着。闭闭眼睛,翻翻脑子。但是仍然是那个样子瞪着自己茫然,男人。他心里着实有些害怕,怕什么?不确知。索性闭上眼睛不看。也不行;闭眼睁眼都看到镜子里的那个男人,变换一下姿势嘛。不一会儿的光景,他的心里又恢复到迷惘飘浮的状态,面对着死缠着自己的影子,他后悔开始时不应该怀疑自己的影像;当他这样开始注意后悔时他自己还不知道，已经减去了许多对镜子里的自己的恐惧。他这时对自己的影像的后悔，类似一个无依无助的弱者，面对万能的神忏悔。现在他不但试着让自己不去怀疑镜中的自己，还强迫自己去相信。他想：人是有必要经常去认识自己的外貌。要是不常常去照照镜子看看自己，有一天会被自己的影像吓死。我有多久没有照过镜子啊？真不该连理头发也要省三块钱，在家里等那个没有镜子的流动理发师来理。他想了想：噢！不！这段时间相当久了。我倒省了不少的三块钱了吧！那到底有好久没有照镜子啊？

小时候拿过大姐的手镜子，那是在有阳光的时候，拿出来晒谷场玩的。最后的一次他还记得很清楚，现在想起来也觉得有趣：

那是端午节的前一天，阳光照射得特别强烈，祖母从小到大挨着次序，替伯伯叔叔和父亲的十多个小孩，在河边刺竹丛的凉荫下"剃头"，其实没有一个小孩子情愿的。祖母吓唬着说：真不知死活，你们的头发都准备让鬼来拽去结粽子了！小孩子一听说鬼，只好咬紧牙齿忍声吞气，乞求祖母轻手点剃了。但是阿本年纪虽小，祖母的吓唬对他是不发生效用的，他领教过了。

他恨死剃头这件残忍的事情，所以他不管大人用软的哄骗，硬的威胁，一概置之不理。他手里拿着大姐的手镜子，跑到阳光下，躲在隔一条河的菜豆藤丛里，伸出拿镜子的一只手，对准正在剃头的阿贤的脸，把阳光反照过去，阿贤眼睛被强烈的阳光一扎，头往上一顶，正好祖母的剃刀在阿贤的头部中央，开了一道大红口，血流满面得忙乱了祖母。她赶紧俯身抓起削落在地上还沾有肥皂泡沫的头发，一把一把拼命往伤口糊，阿贤的伤口被肥皂水杀得嘶着嗓子叫喊。还有八个还没剃头的小孩子，本来对剃头就视之畏途了，这下子对祖母剃头的信心全部都垮掉了。后来家里几个大人好不容易地，踩死了不少的花生苗才把阿本捉回家里。他被家人捆绑起来吊离地上，连花生苗的赔偿，和上次偷牵家里的公牛去同别人家的公牛斗，害得伯伯去牵牛回来时，牛角把他的裤底都划开了，差点睾丸就被钩出来的大小账，这次统统算清了。这次的端午节，他一个粽子都没吃到。那是八岁那一年的事吧！在三轮车上的阿本这样想。看看镜子，那个人的神情好多了。

再一次，那是他所知道的两次有意照镜子的第一次：阿本的父亲托人向顶厝仔的郑保正①，借了一套深蓝缎布棉袄，阿本穿在身上站在祖母的梳妆台的镜前，心里扑通扑通地跳个不停，衣服的樟脑味浓浓地熏着鼻孔。晚上就要同一个女人入洞房了。阿菊，和一个女人有什么不同？他一直没见过这个女人，反正阿菊一定是个女人。那年十九岁，祖母常常对他说：趁我还没死，你娶个太太让我高兴。男人一旦结了婚才被社会认定是一个成年人，庄尾添福还有一个屘女儿②相当乖，人家不嫌弃我们就好了。番婆嫂今天又跑来问我们的消息哩！你这头牛想不到也有人中意。祖母激动得流眼泪。

平时阿本老听长他几岁的男人说起女人的事，心里早已经发痒了；管她阿菊是谁，村子里的人都是这样结婚的，父亲娶母亲，祖母嫁祖父还不是都这样结婚。祖母他们常常说姻缘总是命中注定的。阿本想到站在祖母梳妆台前时十九岁的自己；当时那种又惊又喜，满脸涨得通红的样子，他还记得清清楚楚。那晚洞房的时候，

---

① 保正：属于"吏"，是小地方维护治安的。在清朝民国时期，官方实行保甲制度，十户为一保，按照五口之家来计算，"保正"差不多也就管五十多人的治安、赋税催缴等各种问题。
② 屘女儿：指最小的女儿。

新娘子垂着千百斤重的头,静静地坐在八脚眠床的床沿上,两脚松松地悬在地面,像一直在等着什么似的,阿本看了也不知怎么做才好。他看了她很久,知道新娘子相当壮,臀部宽大,一定很能生小孩。想到生小孩,他有点不自在了,整个喉咙发烧,本来想开口打开这尴尬的僵局,话正要脱口竟变成了一声害臊的咳嗽,新娘子实时抬头望了望他,无意看着他的衣服,他竟连忙解释着说:这衣服是向郑保正借来的。说完了又没话说。阿本很后悔说那句话,心里急得很,不知怎么地,像是谁在背后用力推他一把,他合着衣服把新娘子压在床上了。就这样子,不早也不慢,过了十个月整,白胖胖的小男孩祖母抱到了。

在三轮车上的阿本,看到镜子里面的人笑了。那笑脸的轮廓,和十九岁结婚那一天站在祖母梳妆台前的时候,有很多地方相像。不过比起以前瘦了很多,额头上的皱纹都是近几年来突然增加出来的,脸上已经很久不见红光了。他仔细地注意自己脸部的每一部分,正好在照到脸部的地方,有几点苍蝇屎之类的黑点留在镜子上面,他放开扶镜框的自己,在不知不觉间,脸部的肌肉起了一阵抽搐,另一次照镜子的回忆,就把他带回到四年前的夏天：

阿本一直病着，因为昏迷了好几天，他不知道自己病了多久。他醒过来时，先感到脑袋笨重，但是很清醒，清醒得有点害怕。看看自己的双手竟干瘦如柴薪，用手摸摸自己的脸孔，这个时候，他最感到需要的是拿到一面镜子来看看自己，到底瘦到什么样的程度。勉强翻过身来，再想往下做的动作，已经令他感到困难。两个最小的孩子横在他与放镜子的抽屉中间。还有五个小孩子呢？他想，是什么时候了？阿菊不在，哪里去了？两个营养不良的小孩，无忧无虑的甜睡，像梦见吃大餐，他看了心里十分难过。他用羸弱发颤的双手撑起身子，小心翼翼地怕压到身边的小孩，费了很大的功夫，才拿到了阿菊的梳头镜子。阿本猛看之下，一个骷髅头包一层皮，两只深深凹进去的眼睛，高高凸出的颧骨。虽然一下子认不出镜中的影像，但是心里明白，那就是自己。这太出乎他的意想了。他马上意识到死亡；那太可怕了！脑子里一阵昏眩，手脚一瘫痪，整个人倒下来了。我不如早死！我不如早死！我拖累他们好苦啊……

过了一会儿稍微恢复一点神智和力气时，他溜下床，吃力地爬到厨房。当他手握到菜刀，全身的力气也一下子虚脱掉了。他眼看这时候一心想得到的刀，躺在自己的身边而无能为力去拿动它时，他放声恸哭。这时候，正好阿菊从外面替人洗衣服回来，一看到这情形，立刻冲上去抱住阿本，她也哭了。阿菊一边安慰着说：

"你这个傻瓜！你怎么可以走这条路？前天我去看相命的先生说你这三十九岁有个厄运，这个厄运一过，什么都会好的。三十九是坏狗。你这个傻瓜，什么都是命中注定的，我们有什么办法？阿本你不能死……"阿菊激动得不能不停下来哭得痛快再说："前几天记者先生来看我们，把我们的情形登报后，几天来很多人寄钱的，寄东西的，已经寄来不少了。我说什么都是命中注定的！那是真的，天还有眼睛，我们命不该绝。还有一家公司答应你病后到那里工作……"

"阿本，什么都是命中注定的。"阿本想起来，这话就像阿菊在他身边讲的是一样。这段回忆，不知不觉地使他流下眼泪。三轮车夫远看渔会新厦矗立在前面，并且听到密密的鞭炮声传自那里来时，他拼命地蹬着车赶去。

虽然车子已经快赶到了，那几连串挂在大厦门口的连珠炮，还不停地响，围看热闹的人群、花圈、仪式开始的奏乐声,这些已都不在阿本的心里了。他呆呆地望着镜里的人,到了大厦门口,三轮车突然"嘎吱"一声刹车,阿本的身子和大镜子稍稍向前一倾,镜子的背后顶到车夫的坐垫,清脆地爆出一声霹雳,一条长长的裂痕把带泪的阿本劈成了两半。

原载一九六六年十月《台湾文艺》第十三期